文春文庫

女子漂流

中村うさぎ　三浦しをん

文藝春秋

女子漂流

まえがき

三浦しをん

人間は生きづらい。相田みつを氏の至言を借りれば、だって「にんげんだもの」。

どうして生きづらいのかな〜、ということを、「女子について語る」ことを通して考えてみたのが、本書である。50代と30代の女2人が「女子」とか言って、ずうずうしくてすみません。

本書は、女子力の大波にもまれっぱなしの中村うさぎ氏と、漫画読んでるうちに海底に沈んでしまってた私（三浦しをん）の語り合いである。「女子」について一生懸命に考えてはみたのだが、所詮は人生という名の（？）大海であっぷあっぷ漂流している2人。大半はアホ話になってしまった。

でも、楽しく語らいをつづけるなかで、自分なりに見えてきたこともあった。「うさぎさんは、早く段ボール箱を部屋の前からどけたほうがいい」ということ、「私は、現状でも出家者と変わらない生活なのだから、早く得度したほうがいい」ということだ（いずれも、本文をご参照ください）。

いや、嘘だ。いやいや、全面的に嘘ではなく、うさぎさんは段ボール箱をどけたほうがいいと思うし、私はたとえ得度してもまじで生活に変化がなさそうなのが残念きわまりないところなのだが、もっと重要なことも見えてきた気がする。

それは、『自意識と自分』、『社会（世間体）と自分』のせめぎあいが、ひとを苦しめる。しかしそのせめぎあいがなければ、ひとはひととして成立しないのかもしれないな」ということだ。いまさら言うまでもない、あたりまえのことではあるけれど、うさぎさんと話すうちに、自分のなかで明確に「言葉」になった。

たとえば私は、「圧倒的にモテない」という事実とどう折り合いをつけるか、あるいは、その事実からどう目をそらすかに、これまでかなりの精力を費やしてきた。

「モテない」現実を前に、ただ手をこまねいていたわけではない。ふだんは全然風呂に入らないが、ひとと会うときには不快感を与えぬようシャワーを浴びてから外出するよう心がけているし、異性に好感を持たれそうな服装やトークを実現している女子をぬかりなく観察し、自分なりに分析を重ねたつもりだ。それはやっぱり、「そりゃあ、あのひとモテるわけないよね。だってブスだしヘンだもん」と言われたくない、という自意識のなせるわざだったと思う。

でも、正直に言おう！ 私はどうしても、どうしても、モテに興味が持てない！（シャレではない）入浴も男受けする服もトークスキルも、心底どーでもいい！ もっとほかに、自分にとって重要なこと（漫画とか）があるような気がしてならないのだ！

しかし、ひとと会ったときには、それなりに話を合わせるようにしている。「モテ」や「恋愛」や「結婚」に興味がないと断言するのは、この社会においてはなんとなく少数派かなという気がして、勇気が出ないからだ。

そこで、「いいひとがいたら、むろん交際や結婚もやぶさかではない」という態度を取ってきた。そんな態度を取っても、「圧倒的にモテない」事実は覆らないのだが、周囲と違和を生じさせぬためには、「恋愛戦線から脱落するのをよしとはしていない」というポーズが重要だと思ったのである。「モテにも恋愛にも結婚にも興味ないなんて、ド変態にちがいない」。そんな無言の圧力を勝手に感受し、実体のない「世間」に対して予防線を張ってきたのだと言えよう。

「自意識」や「他人の目」から自由になりきるのは、たぶん不可能だろう。だが、うさぎさんと話して、ちょっと勇気が出たというか、吹っ切れた。

現状で私が出した結論は（「まえがき」なのに早くも結論か）、「もう少し自分に正直になる」である。

自意識や世間体に全面的に屈服することは、自分を否定することと同時に、他者への不寛容につながる。自分の欲望や、自分にとって大切なものをないがしろにすることは、他者の欲望や、他者にとって大切なものを認めないのと、実は同じだ。そう気づいたので、今後はモテを希求しているふりをするのをなるべくやめようと思う。

気づけたのは、深い思考と分析に裏打ちされた、うさぎさんの軽妙な話術のおかげだ。うさぎさんと話すのは、なんと楽しく刺激的な時間だったことだろう。

女子力のあくなき追究者たるうさぎさんと、女子力を磨く気概に著しく欠けた私とでは、月とすっぽん、雲と泥ぐらい異なる部分がある。でも、月もすっぽんも雲も泥も、原子から成るという点ではなにもちがいはない！　私たちは存分に語り合い、お互いのあまりにちがう部分に腹を抱えて笑い転げ、そして熱く通じあったのだった（少なくとも私は、そう信じる）。

読者のみなさまにも、「えー、私と全然ちがう！」とか「そうそう！」とか、お気軽に合いの手を入れていただければ幸いです。うさぎさんと私の共通点は、「ベクトルはちがえど、ド変態」ということなので、あまり合いの手を入れたくないかもしれないが……。

それでは、お楽しみいただけることを願いつつ、はじまりはじまり～。

目次

第3章 女子のエロ

第4章 女子の日常

第1章　女子校の女子

誤った選択

うさぎ　あたしも三浦さんも、中学から女子校なんだよね。中高一貫校だから、エスカレーター式で高校に行って。

しをん　はい。しかも、2人とも横浜市内にある学校ですよね？　キリスト教系で。

うさぎ　そう。あたしが通ってたのは、小金持ちの娘(こ)が通う捜真(そうしん)女学校。三浦さんは、もっと金持ちで頭の良い娘が通う学校だよね。

しをん　うーん、どうでしょう。確かに金持ちもいましたけど、普通のサラリーマン家庭の子もたくさんいましたしね。あ、学校の名前はいちおう伏せておきます（笑）。

うさぎ　うちは父親がキリスト教好きだったのと、母親がお嬢様教育させたくて、あたしを入学させたの。三浦さんは？

しをん　学校見学に行ったら、レトロな西洋風の校舎がなんかステキで、それで決めたんです。私はすでにその頃からオタクで、萩尾望都さんとか、竹宮恵子さんとか、いわゆる「(昭和)24年組」と呼ばれる漫画家の先生が、ヨーロッパを舞台にした漫画を描いてらして、読みかじってたんです。その雰囲気と校舎がダブって、女子校という誤った選択をしてしまったんですよね……。

うさぎ　キリスト教系の学校は、毎日、礼拝がありますよね。うちは2時間目と3時間目の間に、30分ぐらい「礼拝の時間」というのがあって、そのたびにチャペルに行って、讃美歌を歌って、先生が日替わりで説教※してました。眠いし、生徒のほとんどが聞いてなかったけど。

しをん　日替わりの説教はなかったな。朝のお祈りは必ずありましたけど。うろ覚えだけど、お昼の前と帰りもあったかも。お祈りのときって、いつもボーっとしてたんですよね。

うさぎ　三浦さんは、なんてあだ名で呼ばれてたの？

しをん　そのまんま、「しをん」です。本名なんですよ。

うさぎ　キリスト教の信者がつけるような名前だよね？

※説教……神の教えを説くこと。

しをん　それが違うんです。うちは、なーんの信仰もない家庭だから。私が生まれたとき、ちょうど家の庭に、紫苑という薄紫色の花が咲いていたんです。それで、しをん。母が、石川淳の『紫苑物語』という小説が好きだったっていう理由もあるんですけど、それは大きくなってから聞きました。

うさぎ　あたしはね、本名は典子。中村典子なの。だけど、「のりこ」じゃなくて「のりお」って呼ばれてたの、6年間ずーっと（笑）。

「のりお」と呼ばれて

しをん　のりお〜〜!!（笑）なんで？

うさぎ　ナゾですよ。あたし、普通に女子だったんですよ。女子校ってさ、「疑似男子」がいるじゃない。体育会系の部活に入ってて、下級生からキャーキャー言われるような、カッコイイ女子がさ。でも、あたしは、スポーツは全然できなかったし、ロングヘアだったたし。なぜに「のりお」だったのか、本当のところはいまだに分からない。

しをん　魂が男らしかったとか?

うさぎ　なにそれ、魂が男って(笑)。しかもさ、あたし、大学は関西の学校だったから、いったんは中村典子にリセットできたの。でも、文化祭のときに中高時代の友達が遊びに来て「のりお!」「のりお!」って言いまくったもんだから、次の日から大学の友達も、のりおって呼ぶようになっちゃったの。だからトータル10年ぐらい、ずーっとのりおだったんだよ。

しをん　アハハハ。でも、名前の影響ってありますよね。「しをん」は、その名前の響きのせいか、「ちょっとハイカラな女の子」とか「洋風な顔立ちで、目がくりくりしたかわいい女の子」とか、勝手に想像する人がいるんです。

うさぎ　変わった名前だから、気になるんだよね。

しをん　そう。小学生のとき、他のクラスの男子が、わざわざ「三浦しをん」を見に来たんですよ。どんな子か確認するために。で、「へっ! ブス!」って言われて。「そんなこと、こっちは言われなくても分かってんだよ! 死ね!」とか、内心で思って。そういうことが積み重なって、自信が持てなくなったっていうのは、少なからずあったと思いますね。

うさぎ　なるほど。変わった名前だと悪目立ちするから、陰に引っ込むってことね。そう考えると、あたしがすごいハイテンションなのは、中村典子っていう地味な名前のせいか（笑）。「偽名か？」と思うほど平凡な名前じゃない？　エッチするために入ったホテルでチェックインするとき、身元が割れないように、あえて「中村典子」って書くみたいなさ（笑）。だから目立とうとして、派手な方向に突っ走ったっていうのは、あったかも。

しをん　うさぎさんは、部活はやってたんですか？

うさぎ　テニス部だった、1年間だけ。小学6年生のときに、志賀公江の『スマッシュをきめろ！』っていうテニス漫画が、ものすごいはやったの。それで憧れて。でも運動神経なんてないから、なじめず、ついていけず。うちは、いくつでも部活に入ってよかったので、テニス部と同時進行で文学部にも入ってました。そっちは高校1年生まで続いたかな。

しをん　文学部っていうのは、文芸誌を出すみたいな活動ですか？

うさぎ　違うんです。1年かけて1人の作家の研究をして、その内容を文化祭で発表する活動だったの。半ば先生に誘導される形で、夏目漱石とか研究してた

（笑）。三浦さんは部活はやってたの？

しをん　私は、史学部でした。

うさぎ　なんでまた、史学部？

しをん　消去法で。中学のときは何かの部活に必ず入らなきゃいけなかったんですけど、体育会系は運動音痴だから絶対に入りたくない。茶道部は足がしびれそうだからイヤ。合唱部は音痴だから論外。英語はしゃべれない。何もできることがないんですよ。唯一できるのは、漫画を読むことだけ（笑）。でも、そんな部活はなくて、私に残された選択肢は、地学部か史学部だったんです。実はひそかに歴女でもあるので、史学部なら興味が持てるかなと思ったんですよね。

うさぎ　史学部では何してたの？

しをん　うさぎさんの文学部と同じく、1年間かけて一つのテーマを研究して、文化祭で発表してました。高2のときのテーマは「漫画の歴史」。部室で堂々と漫画を読みあさりたいがゆえに決めたテーマでしたね。夏休みには合宿もあったんです。青春18きっぷを使って、時刻表と首っぴきで三重県とかに出かけてました。かなり地味な部活ですよね（笑）。

連絡船の通わない〝島〟

うさぎ　共学は、スクールカーストがあるみたいなんだよね。『桐島、部活やめるってよ』って映画でも、生徒間の階層を描いているじゃない？　三浦さんの女子校では、そういうのありました？

しをん　ん……。ない、ですね。あ、でも、きらめいてるグループと、きらめいてないグループみたいに、グループを分けることはできたかも。

うさぎ　遊んでるか、遊んでないか的な？

しをん　それもありますよね。派手で遊んできらめいているか、地味で漫画ばっかり読んできらめいてないか、みたいな。言うまでもなく後者でしたけど。他にも運動ができるグループ、勉強が好きなグループとか、いろいろ自然発生的に分かれてたと思います。

うさぎ　そうだね。でも、カーストみたいに上下の関係とは違うよね。あたしは派手でチャラチャラしてて、男のことばっかり考えているような子が集まるグループにいたけど、派手だから偉いわけじゃなかったからね。単に目立っているだけで。

しをん　そう、上下じゃないですね。なんて言えばいいんだろう……。校内にグループという名の島がたくさんあって、勝手にプカプカ浮いてる感じ？

うさぎ　そうだね（笑）。まさに、島がたくさんある感じ。しかも、それぞれの島には、連絡船が通ってなかったよね。

しをん　そうでした（笑）。お互いに遠くから島を見つめて、ときどき別の島の噂話をする感じでしたね。女子校って、陰湿なイジメを連想する人がいるみたいだけど、そんなことは全然なかった気がしますね。だいたい、他の島のことなんてよく分からないし。

うさぎ　うちも、イジメとかはなかったね。スケバンの島はあったけど。

しをん　スケバンの島～？（笑）

うさぎ　うん。なんちゃって不良が集まる島。だから、本当にカツアゲとかするわけじゃないの。スカートを長くして、カバンをぺっちゃんこにして、先生に隠れてタバコ吸うのがせいぜい。しかも、バレるし（笑）。その子たちが、誰かをイジメることはなかったよね。

しをん　まれに、違う島の子と交流が生まれることもありましたよね。中高一貫教育で6年も一緒に過ごしていると、5年もすれば、どの子も一度ぐらいは同じクラスになってるから、きっかけさえあれば打ち解けるんです。席が近くなってちょっとしゃべってみたら、「あ、この子、面白い」って思って、そうやって別の島の子とも4〜5人ぐらいは仲良くなりました。

うさぎ　あった、あった。あたしは派手な子たちのいる島の価値観からは、どうしてもはみ出ちゃうメンタリティーがあったんです。少女漫画が好きなところとか、オタク性があるところとか。そこは派手グループとは共有できないの。彼女たちって、びっくりするほどバカなところがあるんですよ。勉強もできないし、本も漫画も読まない。あたしが萩尾望都の漫画を貸しても、「全然、分かんない。難しい」って言う子たちなの。そういう派手な島の子とは共有できない部分を、地味で漫画ばっかり読んでいる島の子と共有することで、気持ちを分かち合ってました。

しをん　そういえば、趣味さえ合えば、別の島の子でもCDの貸し借りもしましたね。同じ島の子には話さないことを、なぜかお互いがポロっと話しちゃうみたいな、そういう通じ合う瞬間みたいなものはありました。

うさぎ　あった。でもね、たぶん地味な子は、あたしのことは苦手だったと思う。一対一で、しっとりと漫画の話をしてるときは楽しいんだけど、その子たちのグループの集まりに、あたしが誘われて遊びに行くと、たちまち浮いちゃったから。

しをん　怖がられちゃう感じですか。

うさぎ　そうそう。みんなが、あたしの高すぎるテンションについていけなくて、「元気なときしか、あの子とは遊べない」って思われてさ（笑）。

シダ植物のように

しをん　うさぎさんの派手なグループの島って、どんな感じだったんですか？

うさぎ　金を持ってること、センスがあること、男にモテることを競い合うようなグループの島でしたね。それがあるほど、グループ内のヒエラルキーでトップになるの。ちょうど高校のころが、第1次ブランドブームだったの。1ドル30

0円近くする時代に、学生カバンの代わりにヴィトンのバッグ持って学校に来る子とかいたからね。

しをん えぇ〜？　すごいですね。

うさぎ あたしは普通のサラリーマン家庭だったから、もちろんヴィトンなんて買えなくて、フェンディのパチモンを持って学校に行ったんだけどさ。

しをん パチモンかい!!（笑）

うさぎ みんながヴィトンとか持ってるのが、うらやましくてしょうがなかったの。「あのバッグが欲しい」って母親にねだるじゃないですか。でも、値段聞いた途端に「お母さんだって、そんな高いの持ってない！」って怒られて。

しをん お母さん、対抗心を燃やしたのかな？

うさぎ いや、「学生の分際で、いいかげんにして！」って感じでしたね。でも、欲しくてしょうがなくて、横浜のダイヤモンド地下街に行ったら、フェンディのバッグを売ってる店があったの。当時はブランド品の知識なんてないし、パチモンがあることすら知らなかったから、店の兄ちゃんに「アルファベットのFを組み合わせた、フェンディの代表的なデザインだよ」なんて言われたら、そのままうのみにするわけ。値段も手ごろだったから、母親にねだってやっと買ってもらって、嬉々として学校に行ったらさ、島のみんなに「フェンディ、そんなデザインのバッグ出してないから」って言われたの！　すんごい悔しくてさ、そのコンプレックスが、のちのあたしを買い物依存症にさせたの（笑）。

しをん　アハハハ！　買い物依存症の根はそこにあるんですね。

うさぎ　あるある。そこが、あたしの原点になってるから。悔しくて、島内のヒエラルキーの上に無理やりよじ登ってやる！　って思ったもん。三浦さんは？　派手なグループの島のこと、どう思ってた？

しをん　ん～……。憧れみたいなものは、ゼロじゃなかったと思うんですけど、そこまで強い関心はなかったと思います。

うさぎ　彼氏が欲しいとは思わなかったの？

しをん　思いませんでしたね（きっぱり）。正直、異性とかって、どうでもよかったんです。事実、中高の6年間で、家族と先生以外でしゃべった男の人って、駅員さんとバスの運転手さんぐらい。

うさぎ　え～～～～!!（笑）マジですか。

しをん　マジですよ。当時はまだ、自動改札なんてものはなくて。だから、うっかり電車の改札でバスの定期券を見せちゃったときに「その定期、バスのだよ」って駅員さんに指摘されて、「すいません……」みたいな（笑）。そういうのが、女子校6年間の男の人との会話のすべてですね。

うさぎ　6年間、何してたのよ？

しをん　漫画や同人誌を読んで、ウハウハしてましたね（笑）。まだBL※という言葉はなかったけど、ちょうど中学生ぐらいのときに、同人誌文化がブワーっと大きくなって、同人誌アンソロジーみたいな本も書店で売り出したんですよ。『JUNE』って雑誌も読んでました。あのね、今もそうなんですけど、漫画に夢中すぎて、人生のすべてがなんかどうでもいいんです（笑）。漫画読んだり、活字を追ったりする以外、特に興味もなくて。

うさぎ　地味グループの島って、どんな感じだったの？

しをん　私は、特に仲が良かったのは3人ぐらい。だんだん、史学部に集まってきて。あと、その子たちの周辺に4人ぐらいいたかな？　ケンカもせずに仲良くやってましたね、シダ植物のように（笑）。華やかなグループの子たちって、内部分裂するとかで、グループ内の勢力分布図が変わることがあったみたいだけど、そういうのとは無縁でしたね。

得体の知れない〝鳥一派〟

しをん　すごくおとなしい子たちが集まる島もありましたよね。おとなしい子同士って、あんまり仲良く見えなかったんですよ。しゃべってる感じもないし。何考えてるかさっぱり分からない、得体の知れなさがありました。はたから見たら私も同じだったと思うけど（笑）。

うさぎ　うちの学校に、すっごいおとなしくて、誰ともほとんど口をきかないHさんて女の子がいたのね。ワカメちゃんみたいなヘアスタイルしてさ、地味〜な感じで。ある日、たまたま彼女と隣同士の席になったの。そのとき、消しゴム忘れちゃって「ね、ね、Hさん。あたし、消しゴム忘れちゃったの。貸してくれな

※BL（ボーイズラブ）……男性同士の恋愛を主題にした小説や漫画などのジャンルのこと。

い？」って軽い感じで言ったの。そしたら一言「イヤです」って拒否られてさ（笑）。

しをん　しかも敬語で（笑）。

うさぎ　え〜〜って、その衝撃ったらないよ。まさか、消しゴムごときを貸してくれない人がいるなんて100％思わないじゃん。まあ、Hさんに嫌われてたからだと思うけど。

しをん　いや〜、Hさんも相当のもんじゃないですか？　私だったら、角を立てたくないし、嫌いでも消しゴムぐらい貸しますけどね。おとなしい子って、おとなしい同士で何人か集まって、お弁当だけは一緒に食べるんですよ。また、その弁当箱が小さいの！　私たち地味グループはそれを見て、「（ヒソヒソ声で）食べる量、少なくね？」「（ヒソヒソ声で）声も小さくね？」って話してましたね。

うさぎ　鳥みたいだね。

しをん　そうそう。嘴（くちばし）はやたらとがってて、突つかれたら、即、流血しちゃう鳥ね（笑）。うさぎさんのいた派手グループから見れば、私のグループもおとなしいグループも、〝鳥一派〟にしか見えませんよね。でも、同じ鳥でもニワトリもいれば、カナリヤもいるように、違ったんです。私のようにオタクなグループは、ある部分に関しては「私は、これが好き！」って強いものがあって、同じグループ内で活発に意見交換してたんですよね。

うさぎ そうだよね。漫研の子とか見てても、「漫画好き」っていう共通点があって集まってるから、ある種の絆があるのは、はたから見てても分かった。

しをん でも、おとなしい子たちが集まるグループは、そういうのもなくて。ほんと、何を考えてたんだろう。

うさぎ でも、案外、ああいう子たちが高校卒業したら、上手にお化粧して、男とうまくつきあって、さっさと結婚するんだよ。

しをん そうかもしれませんね。男性諸君！ あなたの奥さんは、得体の知れない元・鳥一派かもしれませんよ……。って、まあ、そんなこと旦那にとっては、どうでもいいか（笑）。

近すぎる距離

しをん　女子校で過ごしてると、辛辣さに磨きがかかりますよね。同じ島の友達に、「なに、その前髪、切りすぎ！」みたいに、ズケズケ言っちゃうんです。

うさぎ　あるねー！　でも、それって意地悪でもイジメでもなんでもなくて、むしろ親しみの表現ですよね。

しをん　そうそう。その子を否定したいわけじゃないんですよね。

うさぎ　「あんた、今日も弁当に犬の毛が入ってるよ！」って、普通に言えたしね。

しをん　犬の毛⁉

うさぎ　あたしの友達のお母さんが、犬好きすぎて11匹も飼っててさ。だから、その子の弁当には、いっつも犬の毛が入ってたの。

しをん　いやだーー‼（笑）

うさぎ　でも、言われた当人にとっては犬も家族だから、弁当に犬の毛が入ってたって全然不潔なことではないのね。だから「あははは」みたいな感じ。

しをん　お父さんの毛だったらイヤですよね。

うさぎ　それはイヤ!!　でも、犬の毛は……。

しをん　お父さんのヒエラルキーは、犬より下ってことですね（笑）。

うさぎ　でも、共学出身の女子は、こういうふうにズケズケした言い方しないよね。

しをん　そうなんですよ。共学出身の女子と仲良くなって、ある話をしてたとき、こっちは女子校魂が盛り上がって、つい「はぁ？　あんたさ〜」みたいにズバって言っちゃったんですよ。そしたら、相手がすごく傷ついちゃって。「そういうふうに言われたことない」って。「あ……。ごめんね」みたいな（笑）。

うさぎ　洋服一枚とってもそうだよね。共学出身の女子は、友達が着てる服を見て、似合ってなくても「わ〜、かわいいね。どこに売ってるの？」って聞くじゃない？　でも、女子校出身の女子は「そんな（ダサい）服、どこに売ってるの？」って言うよね。「どこに売ってるの？」の意味が全然違うんだよね。

しをん　あと、悩みごとを相談されたとき。私は、「こうしたら？」「あんた、いつもこうだからいけないんじゃない？」とか、具体的にアドバイスするんですけど、共学出身の女子のなかには、「そんなアドバイスは求めてなかった」「ただ、聞いてほしかった」って言う子がいるんですよ。でも、「うん、うん」「そうなんだ」「大変だね」って、ただうなずくとか、そんな会話、無理なんですけど私。

うさぎ　それって、女子校、共学に関係あるかね？

しをん　あ、そっか。人によるのかな。

うさぎ　あたしもね、似たようなことがあったの。その子は、あたしと同じ捜真出身の友達で今は主婦なんだけど、この間も会ったらさ、夫の実家の田舎がどれだけイヤなところか延々と言うわけ。だから、あたしは、「そこまで言うなら、離婚すればいいじゃん」って言ったの。そしたら今度は「私には、経済力がないし云々」って言うわけ。「いや、具体的に職も探してないのに、そんなこと言ったらダメじゃん」とか、真剣にアドバイスしたら、最終的に言われたのは「グチってるだけなんだけど」。

しをん　は？　グチりたいだけの人はＩＣレコーダーでも回して、そこに勝手に一人で吐き出しとけ！　と、つい思っちゃいますね。

うさぎ　ほんとだよ。あたしは、人のグチ聞くために時間を割いてるわけじゃありませんよ！ 30分ならともかく2時間もグチられてさ。

しをん 困ってる友達に相談されたときに、こうしたらどうかな、ああしたらどうかなってアドバイスするのは、親しみの表れですよね。勘違いしてたり、変なことしたりしそうな友達に、「ちょっとおまえ！ 目を覚ませ！」みたいにズバっと指摘するのも親しみの表れ。でも、向こうにとってはお節介で、踏み込みすぎって思うのかもしれませんね。距離が近すぎるってことなんでしょうね。

男目線がない

うさぎ 女子校ってさ、男の目がないじゃない？ 男性基準がないから「女は、こうあるべき」みたいな、ジェンダー感覚が薄くなる子が多いよね。

しをん 薄い、薄い。心の中に、おやじが入るし、むしろ男性化しますね。文化祭で木材を切るとか、パネルを組み立てるとか、それなりの力仕事をするとき、女子しかいないから、自分たちで工具持ってトンカントンカンやって、ちゃんと仕上げますからね。男がいなくても、生殖活動以外は全部できることが分かっちゃう。
うさぎ　男子の役割って必要ないんだよね。男の教師も男として意識してないし。夏の暑いときに、脚開いて、スカートめくりあげて、下敷きでパタパタあおぐのもよくある光景だったじゃん。でも、あたしの母親はPTAの会議に出席したら、理科の男の先生に怒られたの。「非常に気になるから、ご家庭で礼儀作法をしっかり教えてください！」って。
しをん　非常に気になるって、教師が生徒をエロい目で見るな！　そこは抑えろ！　って感じですけどね。
うさぎ　あたしに言わせれば、学校に冷房さえ設置すれば、誰もパタパタしないよって話ですよ（笑）。
しをん　うちの学校も、私がいた当時は、冷房はなかったんですよね。体育の授業のあとは、制汗デオドラントの嵐。特に派手グループの子たちが、一斉にシュッシュと吹きまくるから、教室がブワーって霧みたいに白くなって、「おまえら、やりすぎだよ！　制汗しすぎだよ！」って思ってました（笑）。
うさぎ　あたしは、制汗しすぎグループにいたから（笑）。香水とかコロンをシュッシュとかけるから、フローラルだのシトラスだのいろんな匂いが混ざり合ってたよね。

しをん　こうして改めて振り返ると、いかに男目線がなかったか……。

うさぎ　男って、「女の子は、いつもきれいにしてる部屋に住んで、かわいい服を着て、甘い匂いがして、おならもしない」みたいな幻想があって、女子校にこそ、それを求めるじゃない？

しをん　求めますよね。でも、男性の皆さん、たいへん残念なお知らせですけど、実態はまったく違います。

うさぎ　あたしなんて、風呂に入らないし、モノがあふれてぐちゃぐちゃな汚部屋に住んでてさ、ずいぶん前に出前でとったピザが腐りかけて変な匂いを放ってるそばで、四六時中ドラクエしてるんだよ。そういうことを批判してる男が多いってことに、無自覚なんだよね。男がドン引きするポイントに疎いの。それって、女子校にいて男目線が全然ないゆえに、いろいろ許されてたことと関係があると思うんだよね。いや、別に許されてないんだけどさ（笑）。

しをん　うちの学校も、そういう無自覚さはありましたよ。一度も上履きを洗ったことがない子とか、いましたからね。その子の家は金持ちだったからか、黒くなったら捨てて、新品の上履きと取り替えてましたけど。何年か前に、ベッカムが1日に2度だかパンツを替えて、しかも使い捨てだって記事をどこかで読んで、「(上履きの子と)同じじゃん!」ってびっくりしたんですよ(笑)。使い捨てるまでの期間が全然違うけど。

うさぎ　一方で、ほとんどのお嬢様学校は、良妻賢母を育てようとするよね。あたしさ、学校の手すりを尻で滑り降りて遊んでたら、たまたま通りかかった家庭科の先生に、「捜真のお嬢様が、そんなことしちゃダメです!」って怒られたことがあったの。なんか笑っちゃってさ。「なにが、捜真のお嬢様だ! あたしは楽しいから滑ってんだ!」って。

しをん　良妻賢母は掲げてましたね。女は結婚して子どもを生んで、家事を完璧にやって旦那さんを支えましょうっていうのを推奨する感じがなきにしもあらずでした。でも同時に、大学進学にも力を入れる進学校だったんで、受験戦争に勝ち抜け! みたいな。それって若干、矛盾する思想だと思うんだけど、無理やり一つの学校のカリキュラムに入ってるんですよ。そこが私としては、「は? どうしろっちゅうねん！」って感じだったんです。一生懸命勉強して、いい大学に入って、せっかく就職したと思ったら、すぐ結婚して辞めちゃうみたいな、学校の教えを実践しているような子が、けっこういました。「は？　ちょっ……！え〜！」ですよ。

うさぎ　うちは良妻賢母を育てようとはするんだけど、お嬢様は結婚して家庭に入ればそれでいいっていう感じではなかったね。才能があるんだったら、それを伸ばしなさいよって感じだった。

「毎日が勝負下着です」

うさぎ　あたしのいた派手な子が集まる島は、おしゃれにも関心が高かったんだけど、それが、男が好むようなおしゃれかというと、全然、そんなことはなかったの。おしゃれオタクみたいになっちゃうんだよね。

しをん　分かるかも。雑誌でいえば、『装苑』みたいな感じじゃないですか？学校の図書館に唯一あったファッション誌が『装苑』だったんですよ。私の学生時代は、『装苑』って、型紙がついてたんです。家庭科＝良妻賢母を連想させるから、置いてあったと思うんですけど、全然違いますよね。バキバキにとんがってますよね、『装苑』て（笑）。

うさぎ　男目線の雑誌ではないね、あれは。あたしが学生のときは、『an・an』もそうだったんですよ。おしゃれなこと＝時代の先端をいくって感覚の雑誌だったから、すごいとんがってましたよ。今みたいにセックス特集だとか、男にモテる特集なんてめっそうもなかったんだから。それこそ女子校的な雑誌だった。

しをん　マガジンハウスの雑誌って、『an・an』だけじゃなくて、『Olive』もそんな感じでしたよね。『Olive』がね、またダメなんですよ。これ読んじゃうと、モテからは遠ざかる（笑）。私は、すごい好きな雑誌だったんですけどね。モデルの格好が妖精みたいな感じで、人類ですらなかったですからね。モテません。

うさぎ　とがってたね〜。あたしの頃は、マガジンハウスじゃなくて、平凡出版って名前だったけど。

しをん　平凡と言いつつ、平凡を嫌う（笑）。

うさぎ　非凡な平凡出版でしたね（笑）。三浦さんは、女子校時代から化粧はしてた？

しをん　いや、大学に入ってからですね。高校のときは化粧禁止で、眉毛も描いちゃいけなかったから。私、眉毛ないから「え？　眉毛ないと、顔がのっぺらぼうになるんだけど!?」って感じですけど。あ、でも、BUCK-TICKのライブに行くときとかは、学校帰りに化粧してましたね。

うさぎ　化粧しはじめの頃って、雑誌とかに出てたメーク特集を参考にしながら、見よう見まねでマネするよね。あたしのときは、資生堂が出している『花椿』って雑誌があって、そこに化粧のことはこってり載ってたの。春のメークはこう、夏のメークはこう、みたいに新商品を紹介しながら、懇切丁寧に。まぁでも、女の人の化粧って、長所をどう伸ばすかじゃなくて、欠点をどう目立たなくするかに重きが置かれてるじゃない？　ギャルメークなんて、まさにそう。目の小さいのをいかに隠すか、グリグリいじってるうちに、でか目になるんだから。

しをん　私はとにかく眉毛が薄いので、それをどうしたらいいか、日々、考えてましたね。眉毛って、流行によっても形が変わるし。

うさぎ　でも、眉毛のあるあたしから言わせると、眉毛がない方が自由に描けていいじゃないですか。

しをん　眉毛がちゃんとある人って、そう言うんですよ（笑）。でも、眉毛さえあれば、すっぴんでも、たいして気にせず出かけられますよね？　ないものねだりですよ。いや、この場合はあるものねだりか。

うさぎ　あたしはね、丸顔なのがすごいイヤで、それをいかに克服するかを考えてたよね。なんかもうね、聖飢魔Ⅱみたいな顔にしてた（笑）。いや、もうほんとにね、あれぐらいシャドー塗らないと、エラが目立たなくならないんですよ。あたしは、さすがにあそこまではしなかったけど、デーモン小暮の気持ちは分かります。

しをん　聖飢魔Ⅱみたいな顔（笑）。うさぎさんの学生時代のアイドルって誰だったんですか？

うさぎ　あたしが中学のときは、郷ひろみが女子に人気だったの。でも同時に、フォークブームも来てて、吉田拓郎や泉谷しげるなんかが出てきて、それまでの歌謡曲をフォークで塗りつぶしていったんだよね。あたしの中では、郷ひろみでキャーキャー言うのは下賤で、フォークの方が先鋭なイメージがありました。でも、高校生になると荒井由実が流行って、今度はフォークからニューミュージックになって、大学生のときはサザンが出てきて。音楽シーンは目まぐるしく変わってた。

しをん　ひいきにしているアイドルっていました？

うさぎ　これっていうのはいないね。今はいるけど。L'Arc～en～Ciel の hyde。40代でイケるのは、この人ぐらい。三浦さんは？

しをん　私の頃は、チェッカーズが人気で、そのあと光GENJIのブームがきたけど、ファンってわけじゃなかったですね。あ、中学2年ぐらいからBUCK-TICKが好きで。今も好きですけど。

うさぎ　女の芸能人で、好きな人はいるの？

しをん　あ！　シガニー・ウィーバーは大好きですね。

うさぎ　いきなり外人じゃん。びっくりしたー（笑）。

しをん　シガニー・ウィーバーは、『エイリアン』もいいけど、ロマン・ポランスキーの『死と処女』って映画がいいんですよ。映画の出来はいまいちかもだけど、そのときのシガニー・ウィーバーのスジっぽさの中にある情念がたまらなく好きで。日本の女優さんでは、余貴美子さんが大好きです。むしゃぶりつきたくなるぐらいの色気を感じますね。あと、「もしも、自分が、叶恭子さんだったら……」って思うことはあります。全然、違う人生になったんじゃないかな？　夜景のきれいなレストランで、シャンパン片手に、鳥のエサみたいな低カロリーのおつまみをつまみながら、「退屈ね」とかため息ついて……。

うさぎ　あの人は、ガッツリ肉食らしいですよ。

しをん　あ、肉食だったのね、お姉さまは。

うさぎ　あたしも叶恭子は大好きです。

しをん　発言もいいなと思って。「毎日が勝負下着です」みたいな。

うさぎ　叶恭子が、昔「自分おたく」って言ってるのを、何かの本で読んだときに「ああ、分かるな」って思ったの。あたしにもそういうところがあるから。自分の中での自己満足度っていうかさ、「こうなりたいあたし」みたいのがあって、それを貫いててステキですよ。

第2章 女子の恋愛

「産めよ、増やせよ、地に満ちよ」

しをん　女子校時代、捜真(そうしん)の女子は、どこに出会いの場があったんですか？

うさぎ　教会かな。

しをん　え〜！　教会〜!!

うさぎ　そう。捜真女学校の近くに、捜真幼稚園があってね、そこに教会があったの。日曜の教会は、捜真の女子と、関東学院っていう学校の男子の出会いの場になってたんだよね。なぜかというと、うちの学校って小学校だけは共学でさ、そこにいた男子は、中学から姉妹校の関東学院に行くの。つまり、小学生のときから教会に通ってた男子は、そこに捜真の女がいっぱい来ることを知ってるわけ。

しをん　なるほど。神様が、「産めよ、増やせよ、地に満ちよ」と言ってるんだから、教会が男女の出会いの場になってもいいはずですよね。

うさぎ　でも、つきあったのは関東学院の男じゃなかったけどね（笑）。はじめて彼氏ができたのは、中学3年生のとき。日曜の昼間にテレビで、とある番組をやってたんだけど、その番組って、素人が宣伝できるコーナーがあったの。そこで、高校生が「映画を作るサークルやってます。興味があったら、参加しませんか?」って宣伝してるのを見てさ。神奈川県の鶴見ってところで活動してるっていうから、友達を誘って、そのサークルに参加して、そこにいた男とつきあったの。結局、映画なんか一本も作らず、色恋ざたで終わったけどね。

しをん　痴情のもつれで解散。ありがちですね！(笑)うさぎさんの島内にいた派手な友達も、そこで彼氏ができたんですか。

うさぎ　あ、彼女たちはね、当時、横浜にセント・ジョセフっていうインターナショナルスクールがあって、そこのアメリカ人とか、ハーフの子とかに狙いを定めてた。

しをん　ああ！　私の行ってた学校のすぐ裏手にありましたよ！　センジョって呼んでた。

うさぎ　そうそう。センジョのパーティーで知り合った男とつきあってた。あたしは、その頃から外人は一切無理なので、まったく関心はなかったけどね。

しをん　外国人って、人気あったんですね。

うさぎ　あたしの世代は、雑誌を見ても、モデルになっているのは外人やハーフが圧倒的に多くて、まだまだアメリカ人に対する憧れの強い世代だったの。センジョの男子なんて、王子様みたいに見えたんじゃない？

しをん　そっかー。センジョと隣り合ってる学校なのに、つきあってる子って学年に1人いたかいないかだった気がしますね。地味な女子ばっかりだったから、目もくれてもらえなかったのか……。教室の窓から、センジョのグラウンドが見えたんですけど、そこをのぞくと、いっつも何人かいて、「ha,ha,ha～!!」とか大笑いしてて、「あのノリにはついていけねー！」って思ってました（笑）。

カルチャーショック

うさぎ　三浦さんは、彼氏は？って聞くまでもないけど。

しをん　ええ……。なんせ6年間で駅員さんとバスの運転手さん以外の男とはしゃべってないですからね……。

うさぎ　誰かに彼氏ができたとか、そういう話は聞かなかったの？

しをん　もちろん、噂は漏れ聞きましたよ。「あっちの島のあの子は、○○大学のラグビー部員とつきあってるんだって」とか、「横浜のダイヤモンド地下街で、○○さんと彼氏らしき人が腕を組んで歩いてるのを目撃した！」とか。

うさぎ　そういうの聞いて、憧れたりしなかったの？

しをん　それはないですね。だって当時、同世代の男と会う機会なんてなかったし、知らなかったから。UMA（未確認動物）と一緒ですよね。ネッシーに恋したり、エサをあげたいとか、しゃべりたいとは思わないですよね。

うさぎ　漫画で好きな男はいなかったの？

しをん　漫画で「キャー！」っていうのも、そんなにないような……。あ、『ここはグリーン・ウッド』の光流（みつる）先輩は好きでした。でも、別にねぇ、非実在青少年だって分かってたし。

うさぎ　あたしは、『ポーの一族』のアランが好きだった。

しをん　アランは、いいですよねえ。

うさぎ　大学ではどうだったの？　三浦さん、大学から共学でしょ？

しをん　そうです。私の男性像は小学校の同級生で止まってたから、びっくりしたっていうか（笑）。「こんなに男って話が通じるんだ！」って、いい意味で裏切られましたね。文学部だったから余計そうなのかもしれないけど、友達になった男の子とは好きな本や映画の話も合うし。性差を感じさせるものがないから楽しかった。

うさぎ　そうなの⁉　あたしと全然違う。あたしも大学から共学だけど、男の価値観とあたしの価値観が相いれなくて、本当にびっくりしたの。でもね、あたし、関西の大学行ったじゃない？　だから男の価値観と相いれないんじゃなくて、関西の価値観と相いれないんだと思い込んでてさ（笑）。何かあると「関西人って古っ！」「関西人ってお堅い！」って、全部関西人のせいにしてました。

しをん　関西の人に謝りましょう（笑）。どんなときに違いを感じたんですか？

うさぎ　大学1年のとき、何かを落としかけて「あ、やば！」って口走ったの。そしたら一緒にいた男子学生がさ、「女の子が、やばいとか言うたらあかん！女の言葉ちゃう！」って言ってきたの。「はぁ？　やばいときはやばいって言うんだよ、男でも女でも‼」って、すごんで言い返したけどさ、「まったく関西人は……」って思ってたの（笑）。

しをん 少なくとも私の周りでは、「女はこうあるべき」みたいな価値観を押しつける男は、あんまりいませんでしたね。あ〜、1人いた。野外で男女何人かで焼肉してたとき、「女なんだから、肉焼けよ」みたいに言った男がいたんです。もちろん、みんなで、そいつの皿には肉を一切れも載せず、ピーマンとか玉ねぎばっかり入れてやりましたけど（笑）。でも、そういうヤツは、他の男子から見ても「は？」って思われる対象でしたね。

うさぎ あたしの周りに話の通じる男がいなかったのは、自動車部だったからかも。

しをん 自動車部〜？（笑）

うさぎ 車の整備や運転を練習するクラブでさ、免許がタダで取れるって触れ込みだったから入ったの。結局、教習所に通ったけど。

しをん そりゃそうですよね。自衛隊じゃないんだから（笑）。

うさぎ 練習場があって、そこで先輩からいろいろ教えてもらうんだけど、これが超厳しいんですよ。いかにも体育会系って感じで、マッチョな思考なの。だけど体はマッチョじゃないんだよ、自動車部だから（笑）。

しをん　一番ダメな感じですね、精神だけマッチョとか。薪も割れないマッチョなんて何の役にも立たない！（笑）

うさぎ　体育会系のマッチョのなかにもヒエラルキーがあって、そのトップはラグビー部なの。自動車部なんて最下層でウジウジですよ。

しをん　私の周りは、男といえども文系のもやしっ子ばっかり。体育会系じゃなかったから、話が通じたのかもしれませんね。

うさぎ　三浦さんは、自分の意思で共学の大学を選んだの？

しをん　そうです。絶対に共学に行きたかったんです。女子校の6年間って、仲の良い友達もできて、そういう意味では楽しかったけど、もっと広い価値観を持つべき時期に、自分の王国を脳内で作り上げちゃったような感覚があったんですよね。自分の殻に閉じこもっちゃったっていうか……。それが、他者への不寛容にもつながっている気がしたから。

うさぎ　あたしもそう。自己完結しちゃうんだよね。女子校にいると価値観が偏るの。大学生になって男の交じった世界に行ってみたら、女子校では通用した自分の物差しが、とんちんかんなものだったんだと気づいて愕然としたの。普通の人間は、世間一般の物差しがあって、それに合わせて自分の物差しをオリジナルで作り上げていくわけですよ。だけどあたしは、最初からすでにできあがった自分の物差しを持って、世間に向かって「おまえらは違う！」って叫んだら「おまえが違う！」って言われた。そんな感じだったの（笑）。

しをん　「おまえこそ目を覚ませ！」ぐらいの勢いで言われたんですね（笑）。

うさぎ　そうそう。自分の物差しがスタンダードぐらいに思ってたのに、「おまえが違う！」って言われたときは「え〜〜〜!!　あたしだけセンチじゃなくてインチ！」みたいな（笑）。

しをん　インチ!!（笑）

うさぎ　それぐらいのカルチャーショックを何発か受けたんだよね。だから当時は「自分の子どもは絶対に共学に行かせる！」って思ってたもん。

しをん　私も！　私はね、なんだかんだ言って、思春期に男性ともっと親しくなりたかったんだと思うんですよ。女子校当時は、男はネッシーと同じぐらい遠い存在だったし、自分からハントしに行くだけの気力も自信もなかったけど、大学に行って男性と実際に話してみて、面白かったわけじゃないですか。そのときに、中学、高校と自分が成長するときに、彼らがどんなふうに成長するのかを、リアルタイムで見るべきだったなって思ったんです。そうやって一緒に成長していく方が、自然じゃないかって思うんですよね。

自分ツッコミ

うさぎ　女子校時代に女子から人気のあった面白い子が、大学でも人気者になって男にモテるかっていうと、全然違うんだよね。
しをん　面白い子って、話にオチがあるとか切り返しがうまいとか？
うさぎ　そう。ユーモアセンスがあったりトークセンスがあったりする子って、同性からは人気があったじゃん。あたしの学校で、まさにそういう子がいたの。古谷三敏の『ドテかぼちゃん』って漫画に出てくる、チビでデブだけど、すごく頭のキレも良くて面白い、ドテかぼちゃんって子にそっくりだったんだけど。
しをん　どてかぼちゃ？
うさぎ　違う。ドテかぼちゃん。「ん」がつくの（笑）。でね、みんなから「ドテかぼちゃんは、大学に行っても人気者になるね」って言われてて、本人もそんな気になってたと思うんだけど、違うんだよね。大学に入ると、ドテかぼちゃんのユーモアセンスは、モテにはまったくつながらなかったの。

しをん 男だったら、カッコよくなくても面白ければモテにつながることってあると思うんですよ。でも、女にユーモアを求めてる男なんていませんからね。

うさぎ そもそも、機関銃のようにしゃべる女って、モテないからね。

しをん 機関銃じゃなくても、面白く切り返しただけでダメですよ。ちょっとかわいいカッコして、「へー、そうなんですかぁ〜」「すご〜い」って言ってればいいんですよ。今、私、すごい黒いこと言ってますけど、だいたいそうだと思いますよ（笑）。

うさぎ そうそう。「すご〜い」って言うのが大事なの。キャバ嬢がそうだけど、全然すごくなくても「すご〜い！」って言うでしょ？ あれですよ。ラーメンの好きな男が、ラーメンについて延々30分ぐらい語ってるときに、ツッコミ入れる女子はダメなの。「いつまでラーメンの話してんだよ！」「おまえの人生はラーメンしかねーのかよ！」って思っても、言っちゃダメなの。「え〜すご〜い！ 今度連れてって」って、媚びる女がかわいいし、そういう女に弱いんですよ、男は。

しをん　まぁ、そんな女、きっと痩せてるだろうから、実際はラーメンなんて食べないでしょうけど。そういうふうに媚びる女に、同性は敏感ですよね。合コンに一緒に行きたくないだろうし。

うさぎ　うん。媚びる女って、自分ツッコミがない女なんですよ。

しをん　自分ツッコミって、「おまえのキャラで、『すご〜い！』はねえだろう!!」みたいに、自分で自分にツッコミを入れることですよね。

うさぎ　そう。あたし、自分ツッコミって、女子校メンタリティーの一つだと思うんだよね。「○○ちゃん、美人だよね」って言われたとき、「そんなことないよ。この腹の肉、見てよ！」って言って、あえて自分を落とすの。プラマイゼロにして、それで女子同士のコミュニケーションが成り立っているようなところがあると思うんだよね。あたしは、これを姥皮って呼んでてさ、美人だって言われたら、あえて姥皮を被って自分ツッコミするんだよね。

しをん　女子の世界って、そういうもんですね。

うさぎ　だけど、姥皮を被れない人がいるんですよ。自分ツッコミが全然ない人。

「○○ちゃん、美人だよね」って言われたとき、「そうなの。モテてモテて困っちゃうの」って答えちゃう人がいるんです。

しをん 私、今それを聞いて、「正気か？」と思いましたけど（笑）。

うさぎ 正気で言っちゃうの。そんな調子だから、友達がいなくなっちゃうんだけど、そういう子は「みんな、私に嫉妬してるのね」って解釈してるんだよね。

しをん それは嫉妬じゃない！ 理解が難しい生き物だから、遠巻きに見てるだけ！

うさぎ そうなんだけどね、本人は気づかない。あたし今さ、ドラクエにはまってるんだけど、あれって、一種のコスプレなのね。自分じゃないキャラクターを自分という「体（てい）」で演じてるんだけど、ドラクエの中のあたしは、びっくりするほど媚びることがあんの。キャバ嬢みたいに「すご〜い！」って平気で男を持ち上げられるんだよね。

しをん なのにリアルで媚びられないってことは、自分の名前とか外見とか、そういうのがあるからってことですか？

うさぎ あたしは、こうでこうでこうなんですっていう「あたし」というものがある限り、自分ツッコミが邪魔をするんだと思う。

しをん 自分ツッコミがない人って、ほんと不思議なんですよ。どうしたら、そうなれるんでしょうね。

うさぎ たぶん、その子たちのお母さんも、そういうタイプなんじゃないかな。

しをん 娘がかわいくてしかたがないって感じですかね。私の母は辛辣キャラなので、私の内面にしても外見にしても、ほぼ褒めたことがない人なんですよね。

うさぎ よしながふみの漫画で『愛すべき娘たち』ってありましたよね？ 娘が美人だったから、そこを増長させないように、おまえはブスだって言って育てる。

しをん ありましたね。うちの母の場合は、たぶん、私のことを自分に近い存在だと思っていて、母の自意識の中では「自分を褒めるなんてできない」って思ってるんじゃないかと。私を褒めるってことは、自分を褒めることになるから、それはできずに辛辣キャラになるんだと思うんです。勝手な分析ですけど。うさぎさんはどうでしたか？

うさぎ うちは、あたしが大臣のようにえばってたから（笑）。一人っ子なんだけど、母は、うすぼんやりした感じで。昔、鳥一派だったのかね？ 話してても

「はぁ？」って思っちゃうことがあるんですよね。辛辣キャラだったのは、父親です。父親とあたしが、ものすごく性格が似てて、家の中では主導権争い――龍虎の戦いって感じだったね。

世が世なら天下統一

うさぎ　三浦さんの大学時代でも、まだ「女が料理をするものだ」みたいな考え方ってあった？

しをん　ん〜、あったと思いますよ。私がいたサークルでそういう人はいなかったけど、一部のサークルでは、スキーとかピクニックとか花見とかイベントごとに、女子が弁当を作って行くのが不文律としてあるようでした。

うさぎ　体育会系の部活で、マネージャーやる女子のノリかね？　私がやってあげる的な。「ふざけんじゃない。自分の服ぐらい自分で洗えよ！」って思うけどね。

しをん　私もですよ。マネージャーやってた女子とか「ケッ」って思ってましたから。

うさぎ　でもさ、くらたまさんは、少女漫画の中のマネージャーに憧れてたわけですよ。キャプテンと良い仲になって、みんなからも愛されキャラで。まぁ、無理だったんですけど（笑）。

しをん　うん、でも、その気持ちも分かりますよ。レモンのハチミツ漬けを作って差し出す、みたいな（笑）。私ね、「料理を作ってくれるんじゃないか」って、期待されるのがイヤなんですよ。面倒くさい。

うさぎ　そういえば、この間、料理のことで面白い話を聞いたんだ。あたしの友達が、会社の男も含めて何人かで、1台の車でスキーに行くことになったの。でさ、そのイベントを仕切ってる女に、「おにぎりとか持ってこうか？」って聞いたんだって。そしたら「いらないから。そういうの一切ないから」って言われたの。「じゃあ、お菓子ぐらい持って行くね」って言ったら「そういうのも、ホント、いいから」って言われてさ、スキーの当日、本当に手ぶらで行ったのよ。そしたら、その女さ、きっちり人数分のおにぎりを作ってきて、お菓子も飲み物も持ってきたんだって。

しをん　え～、怖すぎる！　仕切ってる女は、「いいよ、私が全部用意しておくから」って言い方したわけじゃないんですよね？

うさぎ そういう言い方はしてない。たぶん、彼女を気が利かない女にするための戦略。

しをん 世が世なら天下統一してますね（笑）。

うさぎ 大奥とかね、権力闘争で勝ち抜けますよね。おにぎり作った女が、モテにつながったかは分からないけど、間違いなく株は上がると思わない？

しをん 上がりますよ。しかも男は、長時間の運転をするわけですからね。おにぎりだのお茶だの出しながら「運転ありがとう」って言う子と、手ぶらで「サンキュー！」って言う子とでは……。

うさぎ しかも、あたしの友達はすごい美人なの。話せば面白いんだけどさ、黙って立ってると、キツめのツーンとした人に見えちゃうの。そういう子が、おにぎり作ってくるかこないかって大問題じゃん。

しをん そうですね。「あいつは、男に運転させるのを当然と思ってる」って思われちゃいますよね。

● ※くらたま……漫画家の倉田真由美。

うさぎ　「いつも男に全部やらせてんだろ！」みたいに思われちゃうよね。おにぎり持ってった女は、あたしの友達が美人だから脅威を感じたと思うんだよね。

しをん　一種の防衛ですかね。そう考えると、料理っていまだに女の武器になるのかもしれませんね。

男は違う生き物

しをん　私、小さいときから、めちゃめちゃ露出狂とか痴漢に遭遇してたんですよ。本当に、それがイヤで。小さいときに性的にイヤな思いをしなければ、もっと違った人生だったんじゃないかって思うことがあるんです。

うさぎ　あたしもかなり遭遇した。どうして世の中の男の人は、あたしにチンチンを見せたがるんだろうって思ったよね。

しをん　私は見ちゃったんですよね。「うんこみたいだな」って思ったのを覚えてます。

うさぎ　確かに、棒状で。あれぐらいのうんこが出たら、たいしたもんだよ（笑）。

しをん　すごい立派な一本糞。朝からお通じがいいみたいな（笑）。

うさぎ　あたしは通学電車の中でしょっちゅう露出系の痴漢に遭って、そのたびにびっくりしてたんだけど、びっくりすると喜ぶんだよね。だから、意地でもびっくりしないように素知らぬふりして本を読むんだけど、溜飲が下がらないわけですよ。

しをん　ほんと腹が立ちますよね。

うさぎ　屈辱的だよ。雨の日に痴漢に遭ったら、勃起してるチンコに、ひょいと傘をかけてやりたかった。さすがに傘が汚くなるからやらなかったけど、それぐらいバカにしたかったの！　おまえのチンコなんて、あたしにとっては傘かけですよって言いたかったの。あまりに悔しくて。

しをん　笑いごとじゃないですよね。すごい傷つくし。

うさぎ　『私という病』っていう本にも書いたんだけど、あたし、露出狂だとか痴漢に何回も遭っているうちに、男というものを激しく憎む時期があったんです。肉体的なものへの嫌悪感や、彼らの持っている性的なパッションへの嫌悪感みたいのがすごいありましたね。今でもあると思う。

しをん　私も基本的に、男性とどう接していいか、あんまり分からないんですよね。もちろん、ちゃんと話が通じる男性もたくさんいて、そういう人とは友達になったり、恋心を抱いたりはするんです。でも、根本のところで、もっと漠然とした意味で、異性に対して信頼とか期待とか希望は、ほとんどないかもしれないですね。というより、すべての人間に対して、もはやあまり期待をしてないんです。でも、期待をしないようにしようって自分に言い聞かせているってことは、絶対に希望を抱いているんですよ。人類全体に対して、期待と裏切りの間で揺れる感じですね。誰でもそうかもしれないけど。

うさぎ　あたしは、男には何も期待してないですね。男はですね、どうせ違う生き物なんですよ、あたしにとっては。同じ日本語しゃべってんのに、言葉も通じない。言葉の定義も違えば、世界観も、価値観も、すべてが違っているから、共通認識がないだろうなって、はなから思ってるんですよ。だから男と恋愛してても、話半分しか聞いてません。

しをん　ある意味、話を聞かないおっさんと一緒だ（笑）。

うさぎ　そうだよ、「話を聞かない」ってこういうことかって実感するもん（笑）。

あたしね、あるときから、男を選ぶ基準が「顔」と「若さ」だけになったの。美しくて若い男の子にしか性的に欲情しないし、恋愛感情も持てない状態になると、ますます中身なんかどうでもよくなるの。女友達、ゲイの友達なんかと話してると、楽しいし刺激も受けるけど、そいつの話からは1ミクロンも得ることがないの。頭が空っぽだから。「今日さ、○○だったんだ」って言われても、「ふーん」って、右から左（笑）。で、そいつがひとしきり話をしたところで、「じゃあ、エッチしようか？」みたいな（笑）。

しをん　完全におっさん（笑）。

うさぎ　おっさんだから、男が「体目当てだったのね！」って女みたいに泣き叫んでも、「あれ〜、やらないの？　そのために、今まで、我慢しておまえのくだらない話聞いてたのに」って感じ（笑）。

やらずの雨

うさぎ　あたし、ドラクエの中で恋愛してたんだけど、あそこでは「歯の浮いたセリフを言うゴッコ」ができるんだよね。

しをん それって、恋愛の醍醐味ですよね。ゴッコをして、お互いの恋愛感情を盛り上げていくじゃないですか。

うさぎ そう。結局、恋愛ってファンタジーなんだよね。相手に対する幻想に恋してるじゃないですか？ ところがリアルってさ、その幻想が一つひとつ剝がされていくの。カッコいいのに、息が臭いとかさ。そういうちょっとしたリアルに、どんどん幻想は色あせていくんだけど、二次元の世界は永遠にリアルに阻害されないでしょ。相手は、鳥山明の無味無臭なキャラで、いつまでたっても年をとらず歯の浮いたことばっかり言う。もしかしたら、相手は、リアルでは引きこもりの腹の出たおっさんかもしれないのに、そこにはフタをして、二次元だけで恋愛しましょうみたいなさ。だから、恋愛初期幻想抱きまくり状態が長持ちするんだよね。

しをん そのとき出るアドレナリンって、きっと、リアルで恋愛してて、脳の状態がすっごくいいときに出る、何かの分泌物を濃縮したような感じなんでしょうね。

うさぎ　そうですよ。もう、脳みそびしょびしょですよ。
しをん　毎日、豪雨ですね。
うさぎ　ほんとですよ。やらずの雨ですよ。
しをん　やらずの雨!!（笑）
うさぎ　「川中美幸が、今『遣らずの雨』歌ってるよ。あんたのパンツの中だね」って、※伏見憲明からメールが来て、ほんとにそうだなって思ったの（笑）。
二次元といえば、あたしね、三浦さんに聞きたいことがあったの。三浦さんは二次元オタクですよね？
しをん　はい。
うさぎ　それって、女子校で育ったことと関係あると思う？
しをん　どうでしょうねぇ。でも、二次元オタクになる確率は上がるような気がしますね。
うさぎ　そうだよね。思春期に日常的にリアルな男と接してなかったせいか、あたしの場合は、男の体毛とか独特の匂いとか、そういうのが一切ダメなの。脳内

※伏見憲明……作家。

で作られる男が、観念的になってるのね。しかも、その土台が漫画やアニメで作られてるから、ますます観念的なわけ。だから、あたしはつるつるして匂いがない男がいいんです。

しをん　私はね、もちろん、中学のときは少女漫画に出てくる王子様キャラとかも好きだったんですけど、年齢を重ねるにつれ、胸毛とかわんさかある人じゃないとイヤだなって思うようになったんです。

うさぎ　えぇ〜〜〜!!

しをん　だから、スペイン人とかとつきあいたいなって。どっちが前だか後ろだか分かんないぐらい毛におおわれててＯＫ。むしろ「ゴリラでもいいのか?」ってぐらい。

うさぎ　バカー!（笑）

しをん　アハハハ。でも、今の話で思ったんですけど、私は脳内で作り上げた男性像が、行きつくところまで行ったんじゃないかと。私の好きなＢＬの漫画って、いろんな絵柄がいっぱいあるんです。つるんとした雰囲気のもあれば、すね毛もしっかり描くみたいなのもあるし、年代も若い子からおやじまで幅広いんです。

同人誌の場合は、漫画やアニメのパロディーが多いですよね。そういう世界にどっぷり浸かってると、私の自己統計では、だんだんとドラマや舞台で役者さんが演じるキャラを題材にした、いわゆる半ナマというジャンルにいくんです。つまり二次元上でも、幻想に近い男から現実寄りまで、さまざまなタイプが取りそろえられている。こうして、いろいろ（二次元上の）経験を重ねていくと、自分でもわけが分からなくなるんですよ。脳内の男は、もはや男性のパロディーだから、時に極北に振れ切ってしまって、胸毛わんさかのゴリラのような男が好みになったりするんです。

うさぎ　あたしは、それは絶対に無理。若いときは、ちょっとぐらいの毛とか毛穴に寛容だった気がするの。でも今はまったくダメ。L'Arc～en～Ciel の hyde が好きでも、髭が濃かったらそれだけでテンションが下がっちゃうの。

しをん　そういえば、この間、40代半ばぐらいの貴腐人（きふじん）※の先輩が、感無量な面持ちで言ってました。「さまざまなオヤジ同士やじいさん同士の恋愛物をたしなん

※貴腐人……いわゆる「腐女子（ふじょし）」と呼ばれるＢＬを愛好する女性のうち、年齢と経験を重ねた人たちに用いられる尊称。

できましたけど、この間、高校生が主人公の漫画を読んで、それが非常に素晴らしく、ようやく、また美しいところに戻って来れました」って（笑）。だから、いつか私にも、そういう日が来るかもしれません。

「ファッキン・クリスマス」

うさぎ　三浦さんは、クリスマスイブに彼氏も女友達もいないことってあった？

しをん　え……？　そんなのしょっちゅう、っていうか毎年ですよ。男がいたクリスマスなんてあったっけ？

うさぎ　それはどうなの？　最初はつらくて、だんだん慣れてったとか。

しをん　ん〜。つらく……はないですね、怒ってはいたけど。

うさぎ　世の中に？

しをん　うん。「バカじゃねーの！」って思ってたから、「ファッキン・クリスマス」って言ってた時期もあって。怒ったっていっても、まぁ、それぐらい（笑）。イブは友達とご飯食べるときもあれば、1人で家で食べるときもあるし、普段通り。だって何もないんだから、普段通り以外、やりようがないじゃないですか（笑）。あ、でも、ある年のイブは、女友達と2人で銀座に冷やかしに行きましたよ。

うさぎ どこに行ったの？

しをん すっごいごった返してるティファニーに行って、陳列棚の前で「何やら銀製品を買いあさっておるな」って言い合ったりして。

うさぎ ティファニーははやったね～。

しをん そのあと、たまたま入ったイタメシ屋で、ロマンチックな窓際の席が空いてたから、店員さんに「あっちがいいな～」ってそれとなく言ってみたけど、有無を言わさず「こちらへ」って、入口ドアの近くの席に通されて。観葉植物が邪魔なんだけど、みたいな（笑）。

うさぎ そういう扱いも含めて、イブの日はカップルでっていうのが、世の中に浸透しすぎてるよね。

しをん ここ数年、前ほどクリスマスが盛り上がってないような気がするんですけど、勘違い？ 前線から離脱してるから、激戦地の模様がよく分かってないだ

け？（笑）

うさぎ　きっと、あれだよ。不況もあるかもしれないけど、周りの友達も年とってきてるから、若いときみたいに情報が入らないんじゃない？

しをん　確かに、それはありますね。うさぎさんは、イブってどうしてたんですか？

うさぎ　あたしはね、こんなこと言うのもなんだけど、20代の頃にクリスマスに1人なんて状況がなかったの。ものすごくリア充でしたよ。

しをん　カッコイイ！　人生で一回でいいから「何人もの男が鈴なりで大変でした」って、言ってみたい（笑）。

うさぎ　彼氏が途切れない女っているじゃない？　ダメそうになったら、次！　そういうタイプだったの。

しをん　すごいですね。疲れないんですか？

うさぎ　全然。男と恋愛するのが大好きだったから。あたし、20代の後半で1回目の結婚して、そのあと離婚したの。離婚したときも男がいたんだけど、そいつは奥さんがいたので、クリスマスイブが1人になったって状況は、そこからですね。そいつが奥さんと過ごすなら、あたしは女友達とご飯でも行けばいいじゃんぐらいに思ってましたね。

しをん　クリスマスに男がいない理由も、リア充ですなあ。

うさぎ　そうそう。相手に奥さんがいるって事情があるってことだからね。

しをん　こっちは、事情のある男すらいないっていう。あれですよ、うさぎさんは貯蔵庫にマンモスの肉がちゃんと備蓄されてるんだけど、解凍が間に合わないんです。だけど私の場合、「貯蔵庫が空っぽ！　食う肉がねぇ！」という（笑）。

うさぎ　いきなり原始人（笑）。あたしね、奥さんのいる男と別れたあと8年ぐらいは、「鉄の処女期」を過ごしたの。

しをん　鉄の処女期！

うさぎ　そう。ノンケの男とは一切関わらない時期を過ごして、そのときはマンモスの貯蔵庫は空っぽ。でも全然気にならなかったよ。

しをん　木の実だけでも生きていけることに気づいたんですね。

うさぎ　そうそう。むしろ、木の実だけの方が楽しかった、みたいな。男と変なところに行くよりは、女同士で5〜6人集まって、わいわいしながらご飯を食べに行くのって楽しいじゃん。鉄の処女期のときは、本当に男が嫌いだったから、なおさら。

しをん　疲れちゃったんですね、きっと。肉に胃もたれ。

うさぎ　菜食主義になってたんで（笑）。だから、寂しいクリスマスだと思ったことはないの。でもそれは、30歳をいくつも過ぎて初めて、男のいないクリスマスを経験したから、そう思えるのかも。20代って、世間の目に映る自分がどうしても気になるからね。

しをん　そうですね。20代は自分への希望も少しは残ってるから、「まだ頑張れるんじゃない？」とか思っちゃうんですよね。

うさぎ　でも、三浦さんは、リア充クリスマスみたいな願望はなかったんでしょ？

しをん　いや、そんなこともないと思うんですよ。なんだかんだいって私、ハーレクイン小説が大好きだし。そういうロマンチックな路線は好きなんですけど、いかんせんマンモスの肉を食べずじまいで、食べたことのない味はよく分からない（笑）。

お姫様と魔女

うさぎ　じゃあ、三浦さんは、恋愛に興味がないわけじゃないんだよね。

しをん　ええ。興味はありますよ、すごく。でも、モテるための努力をするとか、そういうことが著しく欠けてますね。

うさぎ　それってさ、努力するのが面倒くさいの？　それとも努力するのがこっ恥ずかしいの？

しをん　どっちもあります。でも、努力云々の前に「私ごときが努力すればどうにかなるなんて思うんじゃない！　身の程を知れ!!」ってツッコミが入って、「あ、そうだった。努力すればどうにかなるかもなんて、ちょっと夢見ちゃったな」って正気に返る感じです。

うさぎ　女子校のときって、女同士のツッコミが激しいじゃないですか？　「男にケツ振ってんじゃねえよ！」とか。

しをん　ええ。ツッコミは強烈ですよね。

うさぎ　あたしね、その女子のツッコミが、自分の中にいる魔女を育てると思うんだよね。

しをん　魔女って？　魔女が大きくなると、自分自身へのツッコミがどんどんキツくなるってことですか？

うさぎ　そう。あたしね、自分の中に、お姫様願望が根強くあるの。ロマンチックな恋がしたいとか、男の人にこんな言葉をささやかれたいとか、それこそ、お姫様みたいに扱われたいとか、そういう願望。でも同時に、あたしの中には、ひねくれたババアの魔女もいて、「何がお姫様だよ、フン！」って思ってるのね。魔女のあたしは、お姫様のあたしが大っ嫌いなの。なぜなら、恋に落ちると、途端にお姫様がしゃしゃり出てくるからですよ。ものすごい厚化粧して、「お呼びですかぁ〜？」って。

しをん　（爆笑）

うさぎ　しかもさ、お姫様は必ず騙されるの。あたしはホストにはまったとき、男の甘い言葉に騙されて、金をさんざん貢いだけど、お姫様は、騙されているってなかなか気づかないの。でも、そういうお姫様を見て、魔女は「ああ、バカバカ！ おまえ（お姫様）みたいなアッパラパーがいるから、あたしの人生が面倒くさくなるんだよ！」って頭にきてるんだけど、恋愛中は、お姫様が全面に出ちゃうから何もできないの。

しをん 恋愛が終わると、今度はお姫様が無力になるんですね。

うさぎ そうなの。お姫様が無力になると、ここぞとばかりに魔女が出てきて、「おまえ、寝とれや!! おまえが起きてるとロクなことになんないんだよ!!」って、お姫様をガラスの棺に突っ込むの。そして当分の間、魔女のあたしがシニカルな文章をガンガン書く、と（笑）。

しをん でも、お姫様は、毒リンゴを消化しきれてないまま眠ってるだけですよね。

うさぎ だから、いざ次の恋に落ちたら、仮死状態から蘇るんですよ（笑）。そして、また厚化粧して、「お呼びですかぁ〜？」って出てくるの（笑）。

しをん それで言うなら、私はね、お姫様が厚化粧しようと化粧道具を広げようとした途端に、魔女が「テメー、コノヤロー！ おのれのツラ見たことあんのか！ ずうずうしいんだよ、バカヤロー！ 身の程を知るか死ぬかどっち選ぶんだ、ゴラー!」って、『アウトレイジ』なみにありとあらゆる暴言を吐きながら、お姫様のコンパクトを踏みつけ、殴り倒して、昏睡させる感じですね。かなり魔女が強いから、お姫様が使いものになんないんですよ。だからハーレクイン小説を読んで、恋愛に陥りたい自分がいても、いざ好いたらしい人が出てくると、ダメなんですよね。

うさぎ　もっと、お姫様を自由にしてあげたら?

しをん　ん~……。姫力を存分に発揮して、それにツッコミも入れずに、うっとりできる自分だったら……。「女は愛されてこそ幸せ」「モテちゃうのは私がかわいいからだ」って、自己認識が正しいかはともかく、それを本気で思えたら、楽しいかもしれませんね。

うさぎ　楽しいよ~! 昔、『NIKITA』って雑誌があったじゃん。若さでなく、テクニックでモテる大人の女「艶女(アデージョ)」を目指すみたいなコンセプトでさ。あたし、リアルでアデージョやってた人を知ってるの。外資系のキャリアウーマンかなんかで、胸の谷間にネックレスつけて、タンゴ踊って、ワイン飲んで、何の屈託もなくアデージョになるの。「ハンカチを変えるように、男を変えるの」とか言って。

しをん　「ハンカチ持ってねーし。いつもジーンズのケツで拭いてるし」って、つい魔女ツッコミを入れちゃう私は、ダメなんですね。

うさぎ　それじゃ、ダメなんです。あたしも魔女ツッコミがあるから、アデージョにはなれないんだけど。

しをん　でも、もし魔女がいなくなったら、私にとっては丸裸で歩いちゃってるのと同じようなものなんですが。

うさぎ　丸腰の不安感ってあるよね。魔女が自分にツッコミを入れるっていうのは、他人にツッコミ入れられる前に自分からツッコミしとく、いわば防御みたいなもんだから。

しをん　臆病ゆえの過剰防御か……。

うさぎ　臆病だし、恥ずかしい思いをしたくないんだよね。自分を見誤ってることほど、恥ずかしいことはないから。魔女がいないまま、ある日、突然「なにそれ？　シワ〜？」って、誰かのツッコミが入ったら立ち直れない気がするから、言われる前に自分の中の魔女が、「あんた、ババアだからね！」って自分にツッコミを入れとくんだよね。

しをん　そう。武士たる者、常に360度アンテナを張り巡らせていないと、いつか不意を突かれる感じがするんですよ。自分を見誤って、他の人を不快な気持ちにさせたくないってのもあるけど、他の人から「やだ、あの人、大丈夫?」って思われたくないんだと思います。

うさぎ　でも、あたしね、こんなに文句を言いながらも、自分の中の魔女が嫌いじゃないの。だって、魔女がいてこそのあたしだから。

チョコレートの数は、男のモテ偏差値

うさぎ　あたし、ある50歳そこそこの、モテたいんだけどモテない男と、美醜について話したことがあるんです。初めてその人に会ったとき、この人の顔と姿だったら、そりゃモテないよなって思う人でした。ブサイクでチビで、大きいリュック背負ってさ。メガネは手あかで曇ってんの。でも、エラそうで「おぼっちゃまくん」みたいなわけ。

しをん　彼の中には、自分ツッコミをする魔女はいないんですね。

うさぎ　いない！　いたら、あそこまでにはなってない。「あなたはなんでモテなかったと思いますか？」って聞いたら、「体育ができなかったからね」って言うの。

しをん　確かに、サッカー部のキャプテンとか、花形の人はモテるかもしれませんね。でも、運動なんてできなくても、モテる人はいくらでもいますよ。

うさぎ　あたしも同じことを言ったの。そしたら「あ、あと、家が金持ちじゃなかったんだよね」って言ったの。いやいやいや……。

しをん　全然、自己分析できないタイプなんですね。

うさぎ　そうなんだよね。最終的には、あたしの方からダイレクトに聞いたの。「自分の顔のせいだと思ったことはありませんか？」って。そしたら「いや、思わん」って言うの。「男は、顔じゃないから」って。

しをん　じゃあ、なんなんだ。性格か？　性格も屈折してそうだけど。

うさぎ　だからさ、聞いてみたの。「バレンタインに、何個ぐらいチョコレートもらいましたか？」って。バレンタインって、年に一度の、男子のモテの実力テストじゃないですか。チョコの数という数字によって偏差値が決まりますよね。一つもチョコをもらえなかったら、偏差値は明確なわけじゃん。

しをん　その人の学生時代には、バレンタインってあったんですよね？

うさぎ　あった。すでに定着してたよね。だから聞いてみたの。そしたらさ、「いや、僕の学校では、バレンタインはなかったね」って。

しをん　なんとっ……!!

うさぎ　あったはずのバレンタインが、なかったことになっちゃうの。チョコレートをもらってウハウハしている男の子はいたけど、それから目を逸らし続けてきたんだよ。

しをん　チョコって物体を見たことがなくて、「なんでみんな、茶色い消しゴムのやりとりをしてるんだろう」って思ってたのかもしれないけど（笑）。

うさぎ　男子は厳しいよ、やっぱり。チョコを20個もらったのか、2個なのか、お母さんからもらっただけか、はたまたバレンタインの行事そのものがなかったことになっちゃうかで、モテ度は明確になるから。その点、女子はゆるやか。

しをん　その男みたいなタイプ、女子にはあんまりいなそうですね。だって、メガネに皮脂がついてて、服装ももったりとした女子が、なんで私ってモテないのかしら？　運動ができないから？　それとも、家にお金がないから？　なんて思わないですよ。モテたかったら、その日からメガネの皮脂は拭き始めるし、モテるような洋服を探したり、お化粧に興味を持ったり、それなりの努力はしますから。

うさぎ　でも、その男はかなり努力したんですよ。自分の中では。

しをん　なんで？　どこが？

うさぎ　努力して、結果、東大に入ったの。東大に入れば、女にモテると思ったんだって。だから、バカなんですよ（笑）。

しをん　「東大まで入ったのに、なんでこんなにモテないんだろう」って、それはおまえが相当バカで性格に難があるからだ！

うさぎ　いや、性格に難ありでも、バカでも、チヤホヤされることはあるんですよ。ホストがそうだよね。見た目さえ良けりゃ、その美しい顔に女がお金を貢ぐんだから。でも、性格悪くてバカで見た目も悪いとなれば、どうやってもモテない。打つ手がないよね。

しをん　なるほど。その男も、もしかしたら本当は分かってるのかもしれないですね。自分がどうしてモテないのか。

うさぎ　分かってるかもしれない。でも、絶対にそこは見ない。

しをん　都合のいい回路してるなあ。「まずは、そのメガネの皮脂を拭け！」と言いたいですね。

第3章　女子のエロ

「精液の色は？」

しをん　中学のとき、道を歩いてても、電車に乗ってても、誰がセックスしてるのか気になって、「この人は、セックスしたことがある」「この人は、たぶん、ない」みたいに、勝手な判定で、他人を振り分けてた時期がありました。

うさぎ　男に対しても？

しをん　はい。このおじさんは、すごい頭がつるつるで鼻毛もたくさん出てる。しかし、結婚指輪をしている。「なんと……っ!!」って（笑）。自分が体験してないことをしてる人に、興味津々だったから。「このおじさんまで!!」って出遅れ感を覚えたこともありましたね。

うさぎ　女子校時代、三浦さんが接したのは、駅員とバスの運転手だけだからね（笑）。

しをん　そうそう。異性と接する機会が極端に少ないがゆえに、想像力と好奇心だけは養成されたんですね。他校の男子とつきあってる子がいて、「どんな感じ?」って、やたら知りたがって聞いたりして(笑)。

うさぎ そうだよね。あたしがすごい衝撃を受けたのは、すでに彼氏がいた子から聞いた話。バンバンエッチしてる子だったから、みんなでいろいろ聞いたの。そしたら「精液って、スプーンの小さじ1杯ぐらいしか出ないよ」って言われて、「えぇ!?」みたいな(笑)。「そんな少ないの!?」って、みんなが言ったのを強烈に覚えてる。精液が出るのは知ってたけど、もうちょっと、おしっこに限りなく近いイメージで、ドボドボボ〜って出るんじゃないかって勝手に想像してたから、余計にびっくりして。

しをん それで思い出した。保健体育のテストで、「精液の色は?」っていう問題が出たんです。白、赤、緑、黄色の4択だったんですよ。みんなだいたい同じぐらいの時間にその問題を解くから、教室がザワザワっとして。テストが終わったあと、「いくらなんでも、緑はないだろう! 病気だろ、それ!」って言い合ってました(笑)。

うさぎ 精液の色がテストに出たことはないなあ。

しをん 当時、おじいさんの先生が、体育も保健体育も受け持ってて「悪い男もいるから、「フラフラついてっちゃいけない！」って一生懸命、避妊の方法とか教えてくれたんです。だから先生は、男子に関する知識をみんながどれだけ授業で聞いていたのか、試したかったんでしょうね。

おしべとめしべ

しをん　私、どうして子どもができるのかを知ったときの衝撃が、いまだに忘れられないんですよ。

うさぎ　いくつのときだった？

しをん　たぶん小学5年生ぐらいだったと思うんですけど、学校で性教育があったんです。でも、男女が裸で重なり合っている、極めて簡素な絵を見せられて、あとは、おしべとめしべが出てきて、それで説明されたから理解できなくて。重なり合っていることと、おしべとめしべが、全然つながらなかったんです。

うさぎ　そうなんだよね！

しをん　ポカンとなって、それ以降、しばらく考え続けていたんです。それで、あるとき「そうか！」って、ようやく分かって。「ユリイカ!!」って、風呂からガバーっと出るぐらいの勢いで「お母さん！　分かった!!」みたいな（笑）。

うさぎ　すごいアルキメデスっぷり（笑）。自分で発見したのね。

しをん　そうですね、結びついたんですね。「つまり、お父さんのポコチンが!!」みたいな。私、父とお風呂に入ってたんですけど、まさかそこにぶら下がっているものに、おしっこをする以外の機能があるとは思ってもみませんでしたから。「信じらんない！」って母に言ったのを覚えています。

うさぎ　母に言ったんだ。

しをん　ええ。母はかなりのドヤ顔で、「そうよ」って低い声で一言（笑）。

うさぎ　あたしの性教育も、小学5年のとき。体育館に集められて、生理の説明を始めるのに、なぜか、おもむろに、おしべとめしべの話になってさ。

しをん　あれ、他に何かいい例えはないんですかね？

うさぎ　植物は、最も生々しくない生殖だから例えに使うんだろうけど、最も遠いよね。

しをん　遠いですよ！　遠すぎて、みんなが混乱（笑）。

うさぎ　あたしね、興味のない授業のときって、魂が旅に出ちゃうの。急におしべとめしべって言われても意味が分かんないから、しばらくボーっとして、旅から戻ってきたらさ、生理の話になってるわけ。「ん？　生理とは、どっかから血が出るらしい」ってことは分かったんだけど、どこから出るのか分からなくて。へそから出るんだと思ってました。

しをん　かわいい（笑）。でも、へそだと思いますよね。

うさぎ　へその緒って言葉は知ってるし、お母さんと自分が、へそでつながってたって親から聞いていたので、へそから血が出て、へそから子どもが産まれるんだって思ってましたよ。

しをん　私もそう思ってました。当時は何かを挿入するっていう概念がないから、へそが重要な機能を果たすに違いないと確信してました。

うさぎ　そうなんですよ。それから、あたし、トイレに行くたびにパンツめくって、へそをチェックして「まだ、出血してない」って思ってたの。だから初めて生理が来たとき、ヘソじゃないからびっくりしちゃってさ（笑）。でも、そういう子って多いの。あたしはパンツに赤い血がついてたから、何かの病気だと思って、「お母さん〜!!」って叫んだけど、あたしの知り合いの編集者は、じわじわ出るタイプだったらしくて、気づいたときには変色して茶色い血になってたから、「なんで、こんなにウンコを漏らしたんだろう」って、あまりの恥ずかしさに誰にも言えなかったって言ってた。

しをん　そりゃもっともですよ。もうちょっと、せめて、犬がヘコヘコしてる動画とか見せてほしいですよね。

うさぎ　男の子の場合は、挿入するものだって認識はあるみたいなの。でも女の子には三つの穴があるから、どこに入れるのかまでは分からないことがあるらしいんだよね。

しをん　女の子自身、穴が三つあるなんて、気づいてない子は多いですよね。

うさぎ　そうだよね。クリトリスからおしっこが出ると思っている子もいるし（笑）。

しをん　アハハハ。男の子の中には、セックスするときに間違った穴に入れてる子もいると思うんですよね。

うさぎ　いや、それはないでしょ。入れられてる人が間違いに気づくでしょ（笑）。

しをん　そうかな？　昔、性教育がなかった時代は、知識がなくて分からなかった人もいたんじゃないかな？

うさぎ　でも、それは女子が教えると思うよ。三つの穴っていっても、尿道に突っ込むことはないわけだから。そうなると、二つの穴に絞られるでしょ。一つの穴は、ヒダに隠れて、よく分からない。だから、もう一つの穴に入れようとしちゃう人はいる。でも女の子は生理があって、それが尻から出ないことは知ってるでしょ。どこから血が出るかは分かるから、「そこじゃないよ」って教えるんじゃない？

しをん　そうです……かねぇ。あのね、伊達政宗の話なんですけど、彼は、衆道※の気もあったと言われているらしいんですが、結婚してから7年ぐらいは、子どもができなかったそうなんです。でも、あるときから、本妻にも側室にも子どもができるんです。その話を知ったとき、「もしや伊達政宗は、穴がどこにあるのか分からなかったんじゃないか？」って思ったんですよ。

うさぎ　いやいや、もし政宗が知らなくても、間違って入れようとしたら、そこは本妻なり、側室なりが「違います」って言うでしょ。言わないにしても、体をずらすでしょ。

しをん でも、本妻も側室もそれまで経験がなくて、どういう仕組みか分かっていなかったら、あり得るんじゃないかと思って。

うさぎ ずっとお尻の穴で？

しをん そう。動物もそうだと思いますよ。人間が気づいてないだけで、うっかり尻に入れてる犬もいるかもしれませんよね。

うさぎ もう、バカーー!!（笑） 動物は臭いで分かるでしょ。発情期のオスとかクンクンやってるじゃん。ココはウンコなのね。ココは……みたいに。

しをん そうかなあ。人間は犬の交尾を常時監視してるわけじゃないし、生殖に適した穴に入れてるとは限らないのではなかろうかと。

うさぎ いや、そこは、メス犬が。「ギャー！ チガウ!!」「ざけんな！」「アナルかよ!!」って（笑）。

※衆道……男性の同性愛のうち、特に武士同士のものを指す。

エロへの目覚め

うさぎ　女子校のとき、誰かが外人の男性ヌードのカレンダーを手に入れて、回し見したことがあるの。たぶん、横浜の米軍基地から流出したもので、ゲイ御用達だったと思うんだけど、ノーカットでチンコが出てたんだよね。

しをん　ゲイを「キャ」って思わせるものなら、ご立派なものだったんでしょうね。

うさぎ　いや、そんなにご立派じゃなかった。ダビデ像のチンコみたい（笑）。「ふーん。チンコとは、こんなものか」ぐらいの感想でしたね。みんなでキャッキャ言うんだけど、興奮してるんじゃなくて、面白がってるんだよね。それなら、むしろ宮沢りえの『Santa Fe』のヌード写真集の方が、興奮しますよね。

しをん　あれは、エロスを感じましたよね。私は図書室で『芸術新潮』の春画特集を貪(むさぼ)り読んでましたね。貸し出し禁止だったから、閲覧できる机で、みんなで広げて読んで、「ちょ……っ！　なんでタコと……!!」って言いながら盛り上がってました。

うさぎ　ムラムラしはじめるのって、やっぱり思春期だよね。

しをん　そうですね。幼稚園や小学校ぐらいから、好きな男の子はいましたけど。エッチしたいとか、エロに目覚めるのはもっとあとですね。

うさぎ　あたしは「キスしたい」って思うのが、エロの目覚めだと思うの。キスって、エッチの入り口じゃん。少女漫画で、それまでは読み過ごしてきたキスシーンを見て、「キャッ！　あたしもしたい！」って思い始めるんだよね。中学のとき、『ガロ』って漫画雑誌も愛読してたんだけど、あそこに出てくるキスシーンは、すごい汚かったんだよね。よだれが糸を引いてるの（笑）。

しをん　当時の『ガロ』は、どなたが連載してたんですか？

うさぎ　鈴木翁二（おうじ）とか、安部慎一とか。あとは、林静一が活躍していた頃。ご存じですか？

しをん　はい、漫画オタクだから（笑）。ちょっと貧乏の香りがする。

うさぎ　そうそう。つげ義春も、そんな感じだよね。当時の『ガロ』って『漫画エロトピア』のエロとは違って、文学的なところがあったよね。

しをん　あれ、どういうエロって言ったらいいんですかね。……四畳半エロ、みたいな（笑）。

うさぎ　そうそう、四畳半エロ!!　あたしは、少女漫画の美しいキスシーンに憧れる一方で、『ガロ』の生々しいキスシーンやエロシーンを見て、「おぉ！」って思ってたけど、それで性欲がかき立てられるかっていうと、また微妙なんだけど。

しをん　私は中学ぐらいから同人誌を読んでいましたからね。

うさぎ　読み始めたきっかけは？

しをん　書店で同人誌のアンソロジーが市販されてたんです。今思えば、やや違法じゃないの？　って感じですが……。

うさぎ　著作権問題があるからね。

しをん　そう。でも、そんなこと、当時は知りませんからね。『聖闘士星矢』が好きだったんですけど、そのアンソロジーが売ってたんです。「『聖闘士星矢』の新刊……にしては絵が全然違うし、なんだろう？」って思って買ったんです。みんなが、好きなように描いてて、男同士の恋愛もいっぱいあって。それで同人誌の世界を知りました。

うさぎ　同人誌で不思議なのは、あるキャラを想定して描いているわけじゃないですか？　なのに絵が全然似てないし、それでもみんな平気じゃない？　あたしは、『スラダン（SLAM DUNK）』の三井が好きなんだけど、同人誌を読むと、少女漫画タッチの三井もいれば、劇画タッチの三井もいる。でも三井は三井なの。すごいよね。

しをん　あれはどういうことなんでしょうね。絵柄がどれだけ離れてても、うまい人が描けば、「これは三井」って、みんなが納得しますよね。

うさぎ　『聖闘士星矢』以外には、どんなのが人気だった？

しをん　『キャプ翼（キャプテン翼）』とか、アニメの『鎧伝サムライトルーパー』とか。同人誌は相当エロいのもいっぱいありましたよ。男女のエロじゃなかったけど、まぁ、エロスには男女とか男同士とかあんまり関係ないから、ムラムラしてましたね。

うさぎ　BLが好きなのはなんで？

しをん　たぶん同性同士の連帯感萌えがあるからだと思います。

うさぎ　よしながふみ系だ。

しをん　そうですね。萩尾望都先生とか24年組とかの少女漫画の文法をくみ、今のBLの流れもくんでるんですけど、よしながふみ先生は、そこに同人誌文化もかなり入りますよね。じゃあ、その同人誌文化ってなんだろうって、ずっと考えているんだけど、私が思うに「男同士の友情が、すごい高まったらどうなるか？」的なことじゃないかと。

うさぎ　「絆」みたいな？

しをん　そうだと思います。

うさぎ　確かに、同人誌文化ってそうですよね。※やおい系の人が萌える漫画って、『キャプ翼』からはじまって。

しをん　少年漫画が多いですね。

うさぎ　『スラダン』もそうだよね。友情なんだけど、同人誌では、ちょっと恋愛っぽく描いていくのがみんな好きだよね。『幽遊白書』も、戦友だったりチームメートだったりを描いているよね。

しをん　そうそう。2人はライバルだったり、仲間だったりするんだけど、どっちかがどっちかに仕えるような関係ではなく、喧嘩したりいちゃいちゃしたりしながら、お互い欠かすことのできない存在として仲良くやってますってところが、好物だと思うんです。で、連帯感が高まって、体も重なったみたいな（笑）。実際はそう簡単に重ならないんでしょうけど、そこは重ねとくかって感じだと思うんですよね。

うさぎ　女子校にも、同性間同士の連帯感ってありますよね。

しをん　ありますね。モテる、モテないでヒエラルキーが決まるのとは違う世界だし。だから、自分の中で、非常に実感として分かる部分があるんです。「こういう友情って、よくね？　これが高まったら、そりゃ体が重なることもあるんじゃね？」みたいな。

「恋愛は男女がするもの」

うさぎ　女子校に、レズっていました？

※やおい……女性読者向けに、男性同士の関係性をメインに描いた漫画や小説などのジャンルのこと。

しをん　いましたね。

うさぎ　あたしの学校にもいた。レズっていっても、たいがいは思春期一過性のようなものだよね。下級生が上級生に手紙を出すとか、クラスメート同士がいちゃいちゃするとか。

しをん　女子校に限らず、共学に通ってる女子でも、カッコイイ女の先輩にチョコあげたり、その人の部活をキャッて眺めたり、そういう感覚はあったと思うんですよね。

うさぎ　まれに、ガチでレズになっちゃう子もいたけど。

しをん　いましたね。でも、「あの子たちさぁ……」って非難する感じはなかったですね。

うさぎ　そうだよね。女の子を好きになる感覚は、あたしにもありました。隣の島の子で、ちょっと気になる子がいて、ちょいちょい話しかけたりして好きになった感じ。

しをん　私もありましたよ。私の場合は、友情が高まりきってみたいな。

うさぎ　それって、この人と一緒にいたい気持ちが高まるあまり、たとえば、他の子と一緒に歩いてたら焼きもちを焼く、みたいな?

しをん 独占欲もないわけじゃなかったと思います。なんというか……ドロついてたって感じですね。

うさぎ 大島弓子の漫画で、『さようなら女達』ってあったじゃない? あれにも女子同士の友情なのか、恋愛なのか分かんない絆みたいのが描かれてたけど、あんな感じ?

しをん そうですね。そのときは気づかなかったけど、たぶん性欲も込みだったかも。それが、思春期一過性のものなのかって聞かれると、そうとも言い切れないというか……。相手によっては、いつ、そういう感情が生じるか分からない気がしますね。

うさぎ 三浦さんは、百合系[※]の漫画は、読みますか?

しをん あの世界も嫌いじゃないけど、BLに対する情熱に比べたら、全然低いですね。

うさぎ あたしが中学のとき、池田理代子の『ベルサイユのばら』がはやってた

※百合……女性同士の友情や恋愛を主題にした小説や漫画などのジャンルのこと。

けど、そのあと、思いっきりレズ的要素の入った『おにいさまへ…』って漫画が出たんだよね。

しをん　あれ、ほんと変わった漫画ですよね。

うさぎ　うん。あたし、あの漫画が大好きなの。でもね、登場人物の中でどうしても許せないのが薫の君っていう、アンドレの女版みたいな男装美女でさ。バスケ部のエースで、「薫の君、カッコイイ〜」って思いながら読んでたらさ、薫の君が、実はある男の人とずっと恋愛関係だったことが明らかになって、いきなりスカートはいて口紅もつけて、女になって出てくるんだよね。それが、すっごい裏切られた気になったの。池田理代子は、どういうつもりでスカートをはかせたんだろうって。

しをん　かえって女装に見えちゃいますよね。

うさぎ　そうなの。男装だったからこそ、りりしくてカッコよかったのに。つまりね、百合を描くにしても、女がそういう出方をするんだよね。薫の君は、最後は結婚して海外に行くし。

しをん　そうなんですよ。結局、女は男によって変わるとか、女は男によって幸せになるっていうのを示唆してますよね。今の百合モノは、そこは違って、もっと繊細に描いている作品が多いと思います。その話で言うと、私ね、「恋愛は男女がするもの」という常識とされるものが、自分の中に根深くあって、そこから、どうしても抜け出せないんじゃないかって思うんですよ。

うさぎ　それは分かる。

しをん　ＢＬって、男ばっかり出てくるじゃないですか。男同士の恋愛なり、それにまつわる話が好きで読んでるんだけど、それって、自分の中に、バリバリのヘテロ性※があるとも言えるのかなと。そこにおおいなる欺瞞を感じて、たまに自分でイヤになるっていうか……。普段はそんなことはいちいち考えず、楽しいから読んでるだけですけど。

うさぎ　それについては、あたしも考えててさ、あたし、女の人とセックスはできるんです。むしろ、女の人の方が性欲を感じることがあるんだけど、恋愛はできないの。だからあたしは、自分をレズと定義づけてないの。セックスはできても恋愛ができないのは、あたしの中に「恋愛は男女がするもの」っていう考えが

※ヘテロ……異性。

あるんじゃないかと思うんだよね。

しをん　自分の中の既成概念が、女性に対する恋愛感情を押しとどめてしまっているのかもしれませんね。

うさぎ　一線を越えられない、自分の限界があるのかも。

しをん　自分は男を愛します。自分は女を愛します。明確に、私はどっち派って言えるかっていうと、なんか、そこも揺らぐような気もするんですよね。

うさぎ　それは女子特有だと思うな。男の場合は、ヘテロやホモって、バリバリのヘテロは男の人は絶対にダメだし、ホモは女の人が本当にダメっていう越えられない壁があるんだけど、女の場合は、むしろバイ率が高いんだよね。レズビアンを名乗ってたのに、急に男ができるとか、「え?」って思うことがよくあるの。専業主婦で、子持ちで、普通の生活をしてきたのに、ある日突然、レズに転ぶ人もいるしね、結局、女子は相手の性別じゃなくて、違うところに萌えてるんだなっていうのが、よく分かるよね。

しをん　そうですね。男性が自分はヘテロである、ゲイであるって明確に自認するのも、やっぱり、「恋愛は男女がするもの」っていう「常識」が、社会や自身の中に根深くあるからこそなのかも。だから「絶対に、女とはしない」って決めたり、もしくは「男は女を愛するものなんだから、男であるオレは女しか愛さねぇ」みたいに言い聞かせるようなところが、あるのかもしれませんね。

男は体のパーツに発情し、女は関係性に発情する

うさぎ あたしね、男性のエロスの発動のしかたと、女性のエロスの発動のしかたは、根本的に違ってると思うんだよね。ゲイを見てると、チンコに発情してる。チンコがものすごく大好きなの。でも女は、そこまで好きじゃないですよ。別にチンコはどうでもよかったりするじゃない？ 形状だってどうでもいいし。

しをん ものすっごい気にしてる女性って、見たことないですよね。

うさぎ たまに、好きで張形（はりがた）※を集めてますって人はいるけど。

しをん それは、切手収集みたいなものだから（笑）。

うさぎ 男が、女の何に発情するかって言ったら、おっぱいとか、足とか、結局、

※張形……男性器に擬したもの。

体のパーツなわけよ。ゲイだとチンコ、ノンケだとおっぱいっていう、性的なパーツに発情するのは、男が視覚的な性的記号に発情する生き物だからなんだよね。ところが、女はそれがないの。体の一部とか、性的シンボルに発情するんじゃなくて、関係性だったり、シチュエーションだったりに発情するわけだから。そうなると「恋愛は男女がするもの」っていうのが、当てはまらなくなってきちゃうんだよね。男じゃなきゃいけない理由がないの。自分の言ってほしいことを言ってくれたり、自分が扱ってほしいように扱ってくれるのは、女だっていいわけじゃない。

しをん　なるほど。そうですね。

うさぎ　だから女の人は、おっぱい見ただけで萎えるなんてことはないんだよね。でもゲイは、おっぱい見ただけで萎えますよ。あたしの今の夫はゲイだけど、何年か前に、当時、まだ友達だった夫とその友達と何人かで王様ゲームしたの。そのときにさ、何番は服を脱ぐとかいう命令に、あたしが当たっちゃったの。服を脱ぐのか……って思ったけど、まぁ、いいか。こいつらオカマだしって、エイって脱いだら、急に夫が無口になっちゃって、しばらくしたら「具合が悪い」って横になっちゃったの。すごい心配してさ、「どうしたの？　大丈夫？」って聞いたら「乳首、気持ち悪い……」って（笑）。「失礼な!!」って思ったけど、女の人のおっぱいをちゃんと見たのが初めてだったんだって。

しをん　深窓の令嬢みたいですね（笑）。女の人のおっぱいが、こんなふうになっているなんて！　信じられないわ！　と。

セックスは「ワッショイ」

しをん　30歳を過ぎたぐらいだったかな、生理の勢いが明らかに衰えたのを実感したんです。

うさぎ　生理の勢いって、衰えるものなんですか。

しをん　衰えたんですよ。

うさぎ　間隔も空いたの？

しをん　いや、間隔はね、あんまり狂わない方なんですけど、量が少なくなってきて色も茶色っぽくなってきたというか。こんな話するのは、あれなんですけど

（笑）。

うさぎ　もう久しく生理がないから、忘れてしまったわ（笑）。

しをん　それで友達に聞いたら「あたしも」って。そういえば、生理痛も重くて大変だったのに、そんなに痛みもなくなってきたことに気づいたんです。「あ、生殖機能が目に見えて衰えてるんだ」って分かって、「このままでいいのかな？」って思ったんです。

うさぎ　「子どもを産まないままでいいのかな？」って意味ですね？

しをん　そうです。結婚したいと思ったことはないんだけど、子どもは欲しいかもって思ったんですよ。例えば、養子をもらって育てるっていう選択肢もあると思ったんですけど、日本では養子縁組が難しいですよね。

うさぎ　そうなの。日本では、夫婦じゃないと養子はもらえないから。

しをん　人工授精も夫婦じゃないとできないですよね。だから結婚してない女で子どもが欲しかったら、アメリカとかに行かないといけない。「そこまでして欲しいのかな？」とも思うし。

うさぎ　自然にセックスすればいいじゃない。

しをん　え？　イヤですよ。結婚する気もないのに子どもを作ろうとしたら、ゆきずりの男の子どもを育てることになるじゃないですか。

うさぎ　でも人工授精だって、誰の精子か分からないでしょ？

しをん　そっか。でも私、セックスは……。

うさぎ　セックスをしたくない。

しをん　いや……。あのね、面倒くさいんです。あと腹肉問題もあります。

うさぎ　太ってるってこと？

しをん　そう。私、見栄っ張りだから。部屋の明かりを暗くすればいいのかもしれないけど、それでも感触で、「有り得べからざる、この腹の肉」みたいに思われたらイヤだなって。

うさぎ　あたしもね、三浦さんぐらいの頃は気にしてました。でもね、この年になって思うに、腹の肉を気にしてる男は意外と少ない。気にしてるのは女なの。

しをん　そうかも。パンツがどんな柄かも、いちいち見てないみたいですからね。

うさぎ　これはあたしの勝手な自論だけど、なぜ女が、こんなにも腹の肉を気にするのかっていうと、小さい頃、バービー人形みたいな着せ替え人形で遊んだからですよ。肌がつるつるで、手足が長くて、おなかがぺったんこ。胸は大きすぎず小さすぎず、ほどよい感じ。これが女の理想のボディーとしてインプットされちゃってると思うんです。男は、多少、毛が生えてても気にしないけど、女は自分でそれを許さない。つるつるじゃないとイヤなんです。

しをん　そうだと思います。

うさぎ　そうなると、ナルシシズムの問題になるんだよね。だから男が、ちょっとぐらいおなかが出ててもいいよ、ぽっちゃりしてる子の方が好きだよって言っても、何のなぐさめにもならないんだよね。自分の中で、理想のボディーとの戦いになっちゃってるから。

しをん　私の場合は、戦ってもないのに気にしてるんですけどね（笑）。

うさぎ　でね、セックスが面倒くさいっていうのは、あたしも非常によく分かりますね。

しをん　そうですね。セックスという行為が面倒くさいんだよね。行為の前に、ベッドのシーツを替えなきゃとか、そういうのも面倒くさいですね。

うさぎ　そんなのはホテルでいいんですよ。自宅には呼ばない。でも、ホテルでも気を使うからね。

しをん　そうなの。支払いは折半がいいのか、相手を立てた方がいいのか、とか。

うさぎ　脱がせてもらった方がいいのか、自分から脱いだ方がいいのか、とかね。

しをん　なんらかのタイミングで電気を消すべきか否か、とか。

うさぎ　そういう間合いを計るのとかが面倒くさいよね。行為も面倒くさいけど、あれはワッショイだから。

しをん　ワッショイ!!（笑）

うさぎ　そうそう。男もワッショイ！　女もワッショイ！「女が声を出してあえぐのは演技だ」って言う男がいるけど、違うんだよね。ワッショイだから。お互いにワッショイ、ワッショイ「祭りじゃ〜〜!!」って（笑）。

しをん　祭りのときにクールな人なんていませんからね。

うさぎ　そうだよ。セックスなんて、素のままでやってらんないよ。素になった途端に、「なんであたしは神輿を担いでたんだろう?」って、根源的な問題に直面するから、そんなことよりワッショイ、ワッショイ！（笑）

しをん　あと、そもそもの話になっちゃいますけど、あんなところが結合するって、おかしいと思いませんか？

うさぎ　あんなところ？（笑）そんなこと言うの、中学生まででしょ!!

しをん　でも、なんか違和感が。「おかしくねえか！　神よ、このつくりは一体なんなんですか！」みたいな。

うさぎ　じゃあ、どうだったら良かったのよ。

しをん　ん〜。自分の脳からピューって何か出てきて、相手からも緑色のなんかがピューって出てきて、子どもがオギャー！（笑）だって無理ですよ。こんなところから産むとかさ！

うさぎ　この器官に、この器官が挿入されることが、すでに違和感。んなこと、ないだろうが！（笑）

ズリネタはドラクエX

うさぎ　あたし、ドラクエXで、オナニーできますからね（笑）。

しをん　それこそ、中学生か！（笑）

うさぎ　いや、ほんと。ドラクエって、今、Xなんだけど、Ⅸぐらいから相当に普通の絵になってきて、少年漫画っぽくなって、イケメンが多いんですよ。それでオナニーできるあたしも相当だと思うけどね。

しをん　相当ですよ。その勢いで、たぶん発電できますよ（笑）。

うさぎ　これがあたしなんだけどね（と、ゲームの画面を見せる）。

しをん　すごい、髪の毛盛ってますね～！

うさぎ　そうそう。あたしは魔法使いなの。全職やらないと強くなれないから、魔法使いみたいな超弱い職業もやるのね。あたしを守ってくれる用心棒の戦士の男を雇って一緒に戦ってるんだけど、洞窟みたいなところに入ったときに想像するの。「あたしが『助けてくれてありがとう』って言って、この男が『いいんだよ』って言いながら、背後から急に抱きついてきたら……」って。そうなると、ゲームの途中でムラムラきちゃうんだよね。

しをん　シチュエーションに萌えるんですか。

うさぎ　ん～。どっちかっていうと、シチュエーションよりもビジュアルの方が萌えるかも。ビジュアル萌えが6、残りがシチュエーション萌えかな。昔のドラクエの黄金パターンはね、体力がない魔法使いや僧侶の女が戦士の男を支え、助けながらっていう感じだったの。でも、ドラクエⅣでジェンダーが逆転するんだよね。女の子がガンガンに強くなったの。体力のないクリフトっていう僧侶の男の子が、幼なじみのおてんば姫のことが好きで、魔法を使って彼女を守ろうとするの。それがすごい人気でさ、それこそドラクエのやおい系作品とか、たくさん出たの。これって、みんながジェンダーの逆転をどっかで望んでたんだと思うんだよね。

しをん ってことは、ゲームをする人は男であれ女であれ、主人公の女戦士に感情移入するんですか？

うさぎ どうなんだろうね。クリフトって男の方に感情移入する男はいるかもね。「オレはかわいい女の子がけなげに戦ってるのを支えてるんだぜ！」みたいに。

しをん そうか。ゲームって小説や漫画、映画に比べて、能動性があるから、より役者が役を演じるみたいにキャラと同一化できるんですね。

うさぎ そうだね。より感情移入できるっていうか。コスプレのようなもんだよね。

しをん　私はゲームはやり慣れてないせいか、RPGをやっても、出発地点の半島から出られたためしがないんですよね。

うさぎ　なんでそんなに弱いの？

しをん　最初に弱い敵を倒して、経験値を稼ぐじゃないですか？　あれがダメなんですよ。ゲーム内であっても、コツコツ努力するとか、積み重ねるとか、そういうのが苦手なんです。

うさぎ　あたしはね、ゲーム内だけは地道だよ（笑）。すごく慎重になるし。着実にレベルを重ねるし、確実に勝てる相手じゃないと戦わないみたいな慎重さがあって、無鉄砲な人を見てると、バカじゃないかと思うの。「あんた、ドラクエ、ナメてんの!!」って言いたくなる（笑）。

自分のいないエロシーン

うさぎ　三浦さんは、シチュエーション萌えみたいのはあるの？

しをん　私ね、自分を妄想に投影するのが、苦手なんです。だからズリネタに自分は出てこないですね。

うさぎ それは分かる。主人公の女の子に、自分を投影できないんだよね。

しをん 絶対にできませんね。だから創作物を見ると、男同士をくっつけちゃうのかな。それもどっちかに感情移入するわけじゃなくて、2人の来歴とか感情とか、そういうのが自分の好みかどうかが大事なんです。

うさぎ カメラなんだよね、感覚が。

しをん はいはい、そうです。上だったり横だったり背後だったり、いろんな角度から2人を見てる感じですね。

うさぎ 腐女子（ふじょし）は、そういう人が多いって言いますよね。自分の存在を消す。

しをん はい。ただ、ドラクエもそうかもしれないけど、現実じゃない、それこそ龍が飛んでるみたいな、まったくのファンタジー世界になると、いくらでも男女のロマンスを妄想できるんです。ただし、そこに登場する女の人は、絶対に自分じゃダメですね。だから、容姿や性格を自分とは全然違う女の人に設定します。それでベッタベタなロマンスを、もちろん、エロシーンも込みで想像して「よし、きた!!」みたいな（笑）。

うさぎ　エロシーンに突入したあとも、絶対に自分は出てこないんだよね。
しをん　出てきませんね。あ〜、でも例外もあって、それが好きな俳優さんとのセックスシーンを妄想するときです。そのときだけは自分を相手役に任じます。でも、やっぱりダメなんですよね。「あの人は、どんなセックスをするのかな？」って考えて、いざベッドインの段階になって、自分の服を脱ごうとしたときに、「ちょ……！　待って、待って！」って、我に返っちゃうんです（笑）。だから俳優さんとのセックスシーンを妄想するときは、アダルトビデオの逆バージョンみたいになります。
うさぎ　つまり、三浦さんはほとんど画面には登場せず、俳優である彼の体や表情だけを追っていくようなカメラワークになるってことだね。
しをん　そうです。で、彼のセックスをじっくり観察ていうか妄想する。
うさぎ　なるほど。あたしのオナニーネタの話って、しましたっけ？（笑）　自分が一切出てこないところが、三浦さんと共通してる。
しをん　どんなネタなんですか？
うさぎ　エピソード1から3まである、姉妹モノのズリネタなんだけど（笑）。

しをん （爆笑）。女性同士なんですか？

うさぎ えーっとですね、登場人物は4人います。ある姉妹と、姉の夫、そして妹の家庭教師の男です。お姉ちゃんが夫と暮らしている家に、大学受験を控えた妹が居候していて3人暮らしっていう設定です。妹は、お姉ちゃんがセックスしているのをしょっちゅうのぞいてるの。で、しばらくして妹の受験対策のために、家庭教師の男が家に来るようになる。エピソード1では、お姉ちゃんと夫がセックスしているのを妹が家庭教師に見せて、興奮させて、2人でやっちゃうって流れ。エピソード2では、家庭教師がお姉ちゃんとやっちゃいます。で、エピソード3で、お姉ちゃんと妹がくっつくと。

しをん 聞くだに興奮ですよ（笑）。よし、私もその設定をお借りして……（笑）。

うさぎ ここで登場する姉妹は、あたしであってはいけないんだよね。まったく、あたしとは似ても似つかないキャラに設定するの。で、あたしは常に外部から見てるんです、「そこ、もうちょっと、エロく!!」みたいに（笑）。

しをん そうそう、すごく分かりますよ。「カーット！ そこ、もう一度！」「あ〜待って、もっとエロくするために、このエピソードを一つ前に持ってこうか！」みたいなね。この間も、お風呂に浸かりながら、最初は原稿を読んでたんですけど、突如、何回も上映を繰り返しているお気に入りのワンシーンが脳内に現れたんです。それは大河ドラマ化しているファンタジーの一部なんですけど（笑）。いいシチュエーションが急に降ってきたので、読んでいた原稿をプイって放り投げて。気づいたらお湯もぬるくなってて「いけない、いけない」みたいな（笑）。

うさぎ　腐ってる！

しをん　腐ってますかね（笑）。

うさぎ　三浦さんもあたしも腐ってますよ。ここまでくると女子校とか関係ない。

しをん　無関係だったか！　私たちが変態なだけか！（笑）

魂の処女

うさぎ　あたしね、何年か前に「女はオナニーしない」って信じて疑わない男と話して、愕然としたの。70代で、銀座の高級クラブに行くような男なんだけど、そいつが「男はオナニーするから、自分で自分の快感を知ってるんだよ。でも、女はオナニーしないだろう」って言うの。

しをん　そんなことないでしょ。

うさぎ　だから言ったの。「いいえ。女の人もオナニーぐらいしますから、自分の快感ぐらい知ってますよ」って。そしたら、「いやいや、それは君ぃ、あまり男に縁のない女は、一部、することがあるかもしれないけど、たいていの女はオナニーなんかしないよ。女の体は男によって開発されるんだよ」って言うわけよ。

しをん　その男が、ヘロヘロにさせたつもりになってるだけですよね。相手の女の人は、全然違う妄想を繰り広げながら、おまえの退屈なテクに耐えてるんだぞ！　って言ってやりたい。

うさぎ　ほんとだよ。でさ、その男の語る女性論が、あまりにも日常生活からかけ離れてたから、「さっきからお話をお伺いしていると、あたしの周りにはまったく生息していない女性たちなんですけど、あなたの言う女性ってどこに住んでるんですか？」って聞いたの。そしたら「それは君ぃ、銀座だよ、銀座！」って、真顔で言われてさ。

しをん　いやいや、銀座の女性は、男のファンタジーにつきあってるだけで。

うさぎ　そのことが、まったく分かってないんだよね。でね、この間は、ドラクエの中でも似たような男に出会ったの。そいつは「オレは、セックスの達人だ」って言うの。「オレの女房は、何回もイっちゃうよ」「今まで一度も、お客さんでイったことがなかった風俗嬢が、オレがちょっと触っただけでイっちゃったの」って自慢気に言うわけ。バカじゃないの、そんなの営業トークに決まってんじゃん!! 風俗嬢はすべての客に「あなたで初めてイった」って言ってるから！　でも、やっぱり分かってないんだよね。

しをん　騙されて、高額なツボとか買っちゃうタイプですね。いいカモだ……。

うさぎ　でもね、70代の男にしても、ドラクエ男にしても「オレはすごいんだ」「オレは優れてるんだ」っていう、〝万能感〟があるんだよね。それは、彼らが接してきた女性たちのおかげなの。彼女たちが、サービス精神と優しさと気遣いにあふれる人だから、「私の体は、あなたに開発されたの。他の人じゃダメなの」って、リップサービスしてるんです。本当は他の男とだって、気持ちいいに決まってんじゃん。でも、そんなことはおくびにも出さないから、彼らはそのことは知らないままなんだよね。

しをん 知らないことは、幸せなんですかね。

うさぎ 幸せですよ。外から見ると、相当、イタイけどね。でも、本人に、「外から見る視点」が一切ないんだから一生気づかないよ。

しをん 「知らないことを知らない」わけですからね。でも、そんな彼の人生で初めて、本当のことを正面から言う、うさぎさんみたいな人が現れた。

うさぎ 「他の男とだって、気持ちいいに決まってんじゃん！」ってね。

しをん 衝撃の存在ですよ（笑）。

うさぎ 女の人がさ、そんなふうに幻想を打ち砕きはじめたらさ、そりゃチンコも縮むってもんですよ。萎えますね。

しをん 今までは、男のファンタジーを支える女の人が多かったわけですからね。

うさぎ でも、はっきりと言う人が増えてきて、この本みたいに出版されて読まれるようになると、草食系男子が増えていくのは当然だと思う。「あいつ、オレとセックスしてるときに、実はズリネタを想像してたのか……」なんて考え始めたら、おちんちんなんてナイーブだからさ、すぐにシュンとなっちゃって。

しをん　テク自慢、巨根自慢、風俗自慢する男って、一人の女性とちゃんと向き合ったことがない人だと思うんですよね。

うさぎ　男は、スペックで語りたがる人が多いからね。何人とやったとか、勃ったら何センチあるとかさ。数字に向き合っちゃってるから。

しをん　たぶん、一人の女性と、とことんまで話し合ったり、探り合ったりしながらセックスしたことがないんですよ。相手のリップサービスによって、いい気になってるんだけど、下手だし。しかもそういう人に限って、オレのは大きいからどうのこうのって。そんなこと、女にとってはどうでもいいから！

うさぎ　そうなんだよ、そこに萌えてるわけじゃない。でも、男は、自分が大きいおっぱいに萌えるから、女も大きいチンコに萌えるだろうって思うんだよね。潮吹きもそうじゃん。自分が射精するから、女の人も潮を吹けば気持ちいいはずだって思うんだけど、快楽とはたいして関係ないし。

しをん　そういうところが、根本的に違うというか。まぁ、愛のあるセックスっていうのも、一種の幻想なんだろうけど。

うさぎ　あたしは、愛のあるセックスが気持ちいいのは脳内麻薬のせいだと思うの。「この人が好き！」とか「この人とやりたい！」って思うと、脳内麻薬がドバドバ出てきて、言うなれば、ラリってるから気持ちよく感じちゃうんだよね。

しをん その後、飽きもマンネリもやってくるけど、そこはお互いの想像力で、相手がどう思っているのかを考えながらつきあえば、うまくいく関係はあるのかなって思うんですけどね……。でも、女だけじゃないですよね、飽きるのは。男だって「もう、こいつとセックスしたくない」って思うことが、あるはずですよね。もしくは、寝顔を見て幻滅したとか。さっきの70代の男もドラクエ男も、そういう経験はないんですかね？

うさぎ あのね、たぶん、あんまりないと思いますよ。なぜならば、よく言えば、魂が童貞だから。魂が童貞の人は、女の人を生身で見られないんですよ。

しをん 魂が童貞!!（笑）でも、私も男の人を、生身で見ませんからね。同じです。魂の処女です。

うさぎ あたしも生身で見ないから、魂の処女ですよ。って、いい年した女2人が、魂の処女かよ。

しをん ずうずうしいですね。正気かっ！（笑）

うさぎ　フォローするわけじゃないけどさ、70代の男もドラクエ男も、すごいイヤなヤツではないんだよね。ただ、間違ってるだけなの。

しをん　天真爛漫に間違ってるだけですよね。

うさぎ　そうなの。天動説を信じてるようなもんなの。「君ぃ、太陽は、地球の周りを回ってるだろ?」「え? 違いますよ!」みたいなさ（笑）。天動説を信じてる人は、イヤなやつではないじゃん。間違ってるだけで。「女は、オナニーしないはずだ!」っていうのも、それを信じてるからといって、イヤなやつにはならないからね。間違ってるけど。

しをん　アハハハ。でも、自分もそういうところがあるから、他人のこと笑えない。私、胸毛がわんさかあるからスペイン人とつきあいたいって思ってるけど、それって天真爛漫に間違ってる可能性が高いですよね。え? スペイン人、そんなにわんさか胸毛なんてねーよ! みたいな（笑）。

うさぎ　女は、オナニーしないはずだ。スペイン人は、胸毛がわんさかあるはずだ。日本人は、みんな芸者だろ!!

しをん　（爆笑）

うさぎ　でも、これを信じてる人たちは、イヤなやつではないから。間違ってるけど（笑）。

しをん　そのレベルです、私も。他人のこと言えないですね。

第4章 女子の日常

おじいさんの部屋

うさぎ　三浦さんの部屋って、どんな感じなんですか。
しをん　汚部屋ですね。ベッドで私が寝ますよね？　その横に漫画がブワーーーっと枕元から足元まであって。そんなこともあろうかとセミダブルのベッドを買ったけど、結局、漫画に場所をとられて、ハーフサイズのスペースで寝てる感じです。
うさぎ　本って、どのぐらいあるの？
しをん　ん……。どのぐらいだろう。天井まで本棚にしてる部屋があるんですけど、もはや入りきらなくなって、この間、隙間収納の本棚も通販で買い足しました。2カ月ぐらいは、どの本棚を購入するかの検討に明け暮れました。
うさぎ　通販の家具って、自分で組み立てないといけないから大変だよね。
しをん　大変ですよ。近所に住む父を動員しました。
うさぎ　説明は、ものすごい簡単に書いてあるのにね。

しをん　そうそう。でも、やってみると、一方の端を誰かが押さえてないとできないのって多いですよね。そういうときは、すごく孤独を感じる。「結婚」て単語がよぎる（笑）。

うさぎ　仕事部屋って、紙モノがすごいことになるよね。本とか雑誌もそうだし、あとは、ゲラ[※]！

しをん　ほんと、どうしたらいいの、あれ。

うさぎ　それがウワーっとあって、もう何がなんだか。

しをん　部屋といえば私、インテリアとか小物とか、まったく関心がないんです。だから友達がうちに来ると、「え？　おじいさんの部屋？」って言われる。

うさぎ　おじいさんの部屋って、どんな部屋よ（笑）。

しをん　飾り気が全然ない。以前に住んでたアパートを例にすると、カーテンも照明のカサも、前の人が置いていったのをそのまま使ってて。照明のカサは昭和っぽいの。それもステキな昭和じゃなくて、文化住宅的な昭和っていうのかな？　その部屋は、漫画や本が床の上にブワーっと積み重なってるんですけど、それ以

※ゲラ……校正用紙。

外にあるものといえば、段ボールの上に置いた映らない小さいテレビデオ。それと折り畳みの安っぽいちゃぶ台と、小さい盆栽ですね。

うさぎ　おじいさんの部屋だね（笑）。なんで映らないのに、テレビデオが置いてあるの？　意味分かんない。オブジェ？（笑）

しをん　あ、テレビは映らないけど、ビデオを見るためのものなんですよ。引っ越して、最近7年ぶりぐらいに、テレビをやっと買い換えたんですけどね。

うさぎ　盆栽は好きで買ったの？

しをん　そうです。

うさぎ　なんで盆栽が好きなの？

しをん　花以外の鉢植えが好きで。そういうのに、ちまちまと水をやったり、「この栄養剤はどうかな？」って試しながら育てていくのとか、わりと好きなんですよ。

うさぎ　三浦さんは、昔から部屋が汚かったの？

しをん　そうですね。机とか、きれいにはできない派でした。

うさぎ　部屋をきれいにしなさいって親に言われてました？

しをん　言われてました。小さい頃から。

うさぎ　片づけ教育って、おもちゃの片づけから始まるじゃないですか？　親の世代は「女の子なんだから、片づけぐらいできなきゃ」って思ってるし。で、片づけられました？

しをん　いや。「ん……そのうち……」みたいに言ってました。親は最終的に、フタのない長持みたいな、でっかい段ボール箱を用意して「とにかく、ここに入れればいいから」って言ってましたね。

うさぎ　片づけなかったとき、罰則はなかったの？

しをん　それはなかったですね。

うさぎ　あたしはね、お気に入りの人形の靴を全部捨てられたことがあるの。

しをん　え～、ショックですね。

うさぎ　そう。着せ替え人形ラブだったから、洋服も靴も、ハンパなく持ってたんですよ。靴はかなりでかい箱にバーっと入れてさ。だけど、すぐに散らかすし、いくら親に注意されても片づけなかったの。そしたら、ある日、母親に「あんたが片づけないから、人形の靴は、全部川に捨てたから」って言われてさ。もう衝撃でさ。うちの前に江戸川が流れてたんだけど、走って見に行ったの。

しをん　かわいそう！

うさぎ　でも、川があまりにも汚くて、底も見えないようなドブ川だったから、泣く泣く諦めたの。すごい喪失感だった。まぁでも、何日かすれば傷も癒えていくじゃん。で、ある日、家で探検ごっこして遊んでたんです。それで、たまたま親の寝室の洋服ダンスを開けたんですよ。そしたら、一番奥に捨てたはずのあたしの人形の靴が!!

しをん　（爆笑）

うさぎ　そこで、あたし人生ナメたね。なんだかんだ言って捨てないんだ！「だよねーーー!!」って（笑）。で、勝手に靴を持ち出して、人形にはかせました。

片づけられない女

しをん　女子の部屋が汚いのって、いまだにイヤがられますよね。独身男の部屋が汚いっていうのは、みんなが認めてる感じなのに。

うさぎ　「女の子はお部屋をかわいくするもの」っていうイメージがあって、周りからも、それを期待されるからね。

しをん　でも別にね、部屋が汚くても死ぬわけじゃないんだよ（笑）。

うさぎ　昔『片づけられない女たち』っていう翻訳本が発売されて、ベストセラーになったじゃない。片づけられないのは、本人のだらしない性格にあるのではなく、ADD（注意欠陥障害）っていう病気で、神経系の障害の可能性があるっていう。あたし、これ読んでさ、「なんだ、病気だったんだ、あたし」って思ったんだよね。

しをん　開き直りだ（笑）。

うさぎ　だって病気なんだから（笑）。でも、部屋が汚いのは、やっぱり、あたしがだらしないせいなんだよ。ADDのはずがない。ADDなんて、片づけられない女の全体に占める数％にしか過ぎないわけだから。でも、あれを読んで、病気だってことにしちゃえば、自分を責めなくて済む感じがあったから、はやった部分もあったと思うんだよね。

しをん　そうですね。あと思うにね、片づけられないのは、日本の家屋状況もおおいに関係があると思うんですよ。狭いでしょ？　収納もそんなにないでしょ？　そりゃ散らかりますよ。あの漫画を、本を、どこにしまえって言うの？　床に積む以外に、どこに置けって言うの！　私、最近は、部屋があまりにも汚くて収拾がつかなくなったので、掃除業者の人に入ってもらうことがあるんです。

うさぎ　どうですか、掃除してもらったら。

しをん　これが驚くほどきれいになるんですよ。プロはすごい。掃除し終わると、便器に「消毒済」って紙が置いてあって「おぉー！」って思います。

うさぎ　あたしはね、部屋が汚なすぎてダスキンに頼んだけど、断られたの。

しをん　えぇ〜!!

うさぎ　いるものと、いらないものぐらいは分けてくださいって言われたの。いくらなんでも、これじゃ、どれがゴミで、どれが大切なものかが分かりませんって。でも、それができないから、おまえらに頼んだんじゃないか！（笑）

しをん　どれがゴミなのか問われても、こっちだって知らん!!（笑）

うさぎ　ダスキンには断られ、何を捨てるかも分からないから、どんどんたまるじゃないですか？　だからもう、今はすごいことになってますよ。衣装を保管するために、一部屋作ったんです。でも、その部屋の前に巨大な段ボールがあって、それを越えないと部屋に入れない。もう、どうやっても、本当に入れないんです。

しをん　なんで部屋の前に置いておくんですか（笑）。

うさぎ　その段ボールの中には、トイレットペーパーが入ってんの。買いに行くのが面倒くさいから通販で大量に買ったら、とんでもない大きさのものが届いてさ。前にトイレットペーパーがなくて、ティッシュペーパーで代用してたんだけど、紙が詰まって、すごい勢いで逆流してきたことがあって。あ、ダメなんだなって思って。

しをん　買いに行きましょうよ（笑）。

うさぎ　それで、トイレットペーパーだけは切らしちゃいけないんだと。何を切らしてもそんなに困ることはないけど「トイレットペーパーだけは！」って思ったの。

しをん　トイレットペーパーって「大のときに限って紙切れ」の法則がありますよね。

うさぎ　あるある。便座に座った状態で気づくんだよね。紙で拭いてないから、このままパンツはくとウンコがついちゃいそうだし……。

しをん 悩む。うさぎさんは旦那さんがいるんだから、買いに行ってもらえばいいんじゃないですか。

うさぎ うちは、夫は引きこもりなんで、使いものにならないんですよ。「えーイヤだ、寒いのに」とか、「雨降ってるじゃん」とか、ちょっとしたことで止まってしまう電車のような人なので（笑）。

しをん 猫も飼ってますよね？

うさぎ 7匹飼ってます。って、猫にトイレットペーパーなんて頼めるか！（笑）

人としてまずい

うさぎ 最近、あたし、友達とご飯食べる時間が、ものすごく減ったんです。その分、ドラクエにささげてるから（笑）。1日24時間しかないでしょ。ドラクエ最優先の生活になると、削っていい時間を考えていかなきゃダメなんです。あたしの場合、一番削っていいのは、ご飯の時間。だから痩せちゃいました。食べる時間を削って、そのあと寝る時間を削って、まさに寝食を削る生活になるんです。最終的には仕事をする時間も削るから、人としてまずいことになっていくんですけど（笑）。

しをん　週刊誌の連載やってて、ドラクエはまっちゃうと、まずいですよね（笑）。

うさぎ　あたし今、ラノベ※を月に1本書いてるんだけど、これがまたね、締め切りがあるのか、ないのか。いや、あるんだけど（笑）。どんどん延ばせるの。いやいや、延ばしちゃいけないんだけどさ（笑）。でも、デッドラインよりも早めに締め切りを設定するでしょ、編集者って。あたしのラノベは、最初は月末の25日が締め切りだったんです。あるとき25日を過ぎちゃって入稿したんだけど、編集者が全然焦ってないことに気づいたの。そのあと、次の月の6日ぐらいに入稿したことがあったの。それでもまだほほえんでて。で、このまえ、12日とか、13日とか、とにかく、月の半ばまで入稿を延ばしちゃったの。

しをん　それって、もう、次の原稿の締め切り（笑）。

うさぎ　そうそう。だから、そのときはさすがにほほえんでなかった。顔がこわ

※ラノベ……「ライトノベル」の略。主に中高生を対象とした小説。

ばってたの。それで、「あ。ここがデッドラインだったかー！」って分かったね（笑）。

しをん　そういう探り合いをすることって、ありますよね。

うさぎ　三浦さんは、仕事してるときに納得いかなくて、怒ったりしちゃうことってあるの？

しをん　ん〜。相手に面と向かって怒鳴るとかは、ないです。

うさぎ　どんなときに、腹が立つの？

しをん　なんだろう。ゲラが出てきたとき、ルビの位置が統一されてなかったとき（笑）。そういうときに、「言っただろうが！　各章初出って！」ってゲラに向かって怒ることはあります。で、赤字では、「各章初出と申したはず。これを再校では徹底していただきたい」って、すごい筆圧で書いたことはあります（笑）。

うさぎ　あたしは、たまに編集者のメールで「は？」って頭にくることはあるんだけど、激情に任せて怒らないように自分に言い聞かせてる。だから、すぐに返事はしないの。書いても下書き保存にしておいて、一晩寝かせてから読み返す。一晩たてば怒りのボルテージはだいぶ落ちてるから、そうなれば冷静に理詰めで反論できますからね。

しをん　納得いかないメールが来たら、私は一晩寝かせることはできず、一晩かけて長文のメールを作成するタイプです。①②③とか箇条書きにして、「○○さんは、こうお考えかもしれないが、その場合は②で……」みたいに、相手の思考の軌跡を勝手に予測して文面を考えます。基本的には、メールを送ってきた相手の真意が分からないので、明らかにしてほしいっていうスタンスだから、ギャーギャー怒るようなメールにはなってないと思います。たぶん（笑）。

うさぎ　ギャーギャー怒ることは、あんまりないんだね。

しをん　親とのケンカぐらいですかね。お互いに「ギャーー！」「ギャーー！」って怪鳥のケンカのようになってますね。「グェェ〜！」「ギェェ〜！」みたいな（笑）。

一人は恥ずかしくない

うさぎ　三浦さんは、もらったお金は、何に使ってんの？

しをん　漫画を買ってますね。私ね、漫画以外は、ほんとに欲しいものってたいしてないんですよ。

うさぎ　いーなーオタクって。洋服とかも買わないの？

しをん　高い洋服は買わないですね。洋服、見るのは好きですけどね。

うさぎ　ご飯は、どうしてる？

しをん　自炊はそんなに積極的にはしないですね。お弁当買ったり、あとは週1ペースで宅配ピザを食べてます。二つの宅配ピザを使い分けてて。どっちも常連だから、電話しただけで、お兄ちゃんが威勢のいい声で「ハイ、いつもありがとうございま〜す!!」って言ってくれます。でも、体重は増加の一途をたどってて……。

うさぎ　昔は増減が激しかったけど、今は太る一方ですね。

しをん　それはなんで？

しをん　年々、代謝は落ちてるのに動かないうえに、前と同じ量を食べてるからかな（笑）。お好み焼きとか粉モノが好きなんです。太るものが好きなんですね。

うさぎ　あたしも好き。じゃあ、外に食べに行くことはあんまりないの？

しをん　あ、近所の居酒屋とかは、よく行きますよ。

うさぎ　一人で？

しをん　はい。一杯引っかけつつ。家では飲まないようにしてるので、飲みたいときは外に食べに行って一杯引っかけます。まぁでも、たいしたお金はかかりませんけどね。

うさぎ　一人でご飯食べるのに抵抗ないんだね。

しをん　まったくないですね。一人で焼肉も行くし、フランス料理も食べます。食べたいものを、食べたいときに、食べたいところで食べる。

うさぎ　あたしもそう。一人が平気なの。一時期、フランス料理にはまって、しょっちゅう食べてたことがあるの。あるとき、よさそうなフランス料理のお店をたまたま見つけて、フラっと入って一人で食べてたの。そしたらさ、「シェフからでございます」って言って、店員が頼んでもない料理を運んできたんだよね。シェフとは知り合いでもなんでもないし、不思議だったけど、いただけるものはいただこうと思って食べてたら、また店員がやって来て、こう言うの。「どちらの採点の方ですか?」って。あ、あたし、覆面調査員と間違えられてたのかって、やっと分かってさ(笑)。フランス料理ってカップルで食べに来る人が多いから、一人で食べるっていうのは、かなり目立つ行為みたいなんだよね。

しをん　一人で食べると、評論家と間違われて警戒されるって話は、聞いたことがあります。

うさぎ　でも、一人で食べるのに抵抗があるって女子は、いまだに多いよ。クリスマスイブは、特に。イブに彼氏がいなくて、一人で家でご飯を食べるのがものすごくつらいから、それまでに彼氏を作りたいって、くだらないことを言う子までいるわけ。でも、あたし、昔『Chou Chou』って女性誌で連載してたときに、書いたの。イブに一人でいられない女がいっぱいいるご時世に、「あえて私は一人でご飯を食べに行きます！」っていう子がいたら、あたしだったら、カッコイイと思うし、「おー！　頑張ってるな！」って思うよって。全然、恥ずかしいことなんかじゃないよね？

しをん　全然、恥ずかしくない。気にする必要なんてないですよ。

カードの現金化で生き延びる

しをん　うさぎさんは、買い物依存症でしたよね。

うさぎ　うん。33歳のときに、角川スニーカー文庫で小説家デビューしたときです。ご褒美に、シャネルのコートを伊勢丹で60万円で買って。そこから止まらなくなって。39歳まで続きましたね。

しをん　当時は、クレジットカードで買い物しまくってたんですか？

うさぎ　そうだね。当時、ある出版社の専務だった女性と、すごく仲が良かったんです。彼女はまるで母親のように、あたしのことをかわいがってくれたの。ある日、その人に提案されたんです。うちの会社の金庫に入れておけば、カードがないんだから使いたくても使えないでしょ？」って。で、あたし、自分のクレジットカードを封筒に入れて彼女に渡してさ、金庫に入れるのを見届けたの。

しをん　それでカードを使うのをやめたんですか？

うさぎ　まさか。買い物依存症はアル中やシャブ中と一緒だから。禁断症状が出ちゃうわけ。案の定、預けて1カ月もたたないうちに、買い物がしたくてたまらなくなったの。

しをん　でも、素直に「買い物したい」って言っても、カードは返してくれませんよね？

うさぎ　そうなの。だから、こう言ったんです。「もうすぐ友達の誕生日だからプレゼントを買わなきゃいけないけど、現金がないの」って。本当の話なのよ。本当に、誕生日プレゼントを買わなきゃいけなかったの。現金がないのも、本当。あたし、現金はほとんど持ち歩いてなかったから。専務の女性も鬼じゃないしさ、カードを返してくれたわけ。でもプレゼント代そのものは、たかが知れた金額じゃん。で、プレゼントを買ったあと、ついでに自分のモノを何十万も買ったんですよ（笑）。

しをん　ついでに何十万（笑）。

うさぎ　そう。そうやって専務の女性にカードを預けては返してもらうっていうのを、何回か繰り返したの。「友達とご飯を食べに行かないといけないけど、現金がない」とか、いろんな理由をつけてはカードを返してもらって、そのたびに、何十万も買い物をしてましたね。友達とご飯を食べに行くときは、あたしがまとめてカードでお金を払うようにしてました。割り勘した金額を、現金でもらいたかったから。

しをん　カードの現金化ですね。

うさぎ　そうそう。5人ぐらいいて、割り勘した金額が1人1万円だったら、5万円の現金が手に入るじゃない。そのお金で、月末まで生き延びる、みたいな生活をしてましたね。

しをん　今は、そういうお金の使い方はしてないんですよね。

うさぎ　してないけど、金を使わなくなったら収入も減った。家には買い物依存症時代の名残があるよ。シャネルのバッグとかゴロゴロある。ボロボロだけど。

しをん　そういえば、この間、ある人に「お金、何に使ってんのさ?」って聞かれて「漫画ですね」って答えたら、「ダメじゃん! バッグ買いなよ!」って言われたんです(笑)。それで「どこのバッグがいいんですか?」って聞いたら、「そりゃ、シャネルだよ」って。

うさぎ　シャネルなんて、ちゃちいよ。

しをん　どこのブランドだったら、いいんですか?

うさぎ　エルメスじゃない? でも見てこれ、重いの(と、自分のバッグを見せる)。

しをん　おー！　さすが革だから！
うさぎ　重いでしょ？　本なんて一冊も入ってないんだよ。タバコしか入ってないんだから。それで、この重さ。
しをん　おいくらぐらいするんですか？
うさぎ　これは、いくらだったかな？　バーゲンで買ったの。当時、日本のエルメスはバーゲンなんてしなかったから、パリのエルメスまで行って買ってさ。
しをん　え？　わざわざパリに？　旅費がかかるんじゃないですか？
うさぎ　『CanCam』っていう女性誌で、パリのエルメスのバーゲンに行くっていう企画で行ったから、旅費は出版社持ち。
しをん　すごい企画だな。
うさぎ　そう。で、パリのエルメス本店に前夜から並ぶんですよ。しかも真冬に！
しをん　えぇー！　それってフランス人も並ぶんですか？
うさぎ　並んでるのは日本人がほとんどだった。で、あたしね、編集者にこう言ったの。「あたし、こう見えても40半ばで、夜中にこんなに寒い氷点下のパリの街角で泊まり込みは、さすがに無理です」って。そしたら、「ですよね〜！」って言って、現地に住んでる日本人の貧乏な画家志望の留学生の子たちを呼んできてくれてさ、彼らが毛布をかぶって、あたしの代わりに並んでくれたの。そうして、翌日ゲットしたのが、これ。

しをん　バーゲンとはいえ、何十万円もするんですよね？

うさぎ　もちろん。たぶん、40万円近くはしたんじゃないかな？　でも、今やネコが爪とぎに使ってるバッグだけど（笑）。オーストリッチで、それがムラムラさせるみたい。

しをん　ニャ〜って！（笑）　高価なバッグは、財産価値があるんでしょうね。

うさぎ　いや、財産価値でいえば時計ですよ。バッグよりも時計。一番、質草になるから。もちろんブランドは限定されるけど。ロレックスかブルガリ、あとはカルティエだね。これは人気があるので価格が落ちません。ロレックスの定番ものは、まず落ちないよ。

しをん　詳しいですね。

うさぎ　一時期、質草博士だったから（笑）。

ミッドナイトメンヘラ

うさぎ　三浦さんは、Twitterやfacebookとか、いわゆるSNSはやってますか？

しをん　やってません。友達も、私があんまりそういうのに興味がなくて仕組みがよく分かっていないのを知ってるので、誘ってこないし。

うさぎ　あたしは一時期Twitterをやってたけど、開店休業状態。三浦さんはブログをやってるよね？

しをん　あ、そうですね。でも、コメントもトラックバックも受け付けてないんです。

うさぎ　それは、何か意図があって？

しをん　仕組みが分からないってのもありますけど、誰とも交流したくなくて。

うさぎ　そうなんだ（笑）。

しをん　あんまり共感を求めてないんですよね。友達と会話してるときも「へ〜。かわいい〜」とか、「それは大変だったね〜」みたいにあんまり言わないのも、安易に共感したくないからだと思うんです。共感に至るためには、お互いのことを相当知ってからでないとできない。じゃないと、上っ面の共感になっちゃうから。だから、誰かが「これ、食べましたー」って写真をアップした記事に、「へー、いいね！」って答えられないと思う。「どうでもいいんだけど、おまえの食ったものなんか！」って思っちゃいそう。あと、面倒くさいんです。そう、面倒くさいんですよ！　他人が何してるとかどうでもいいし、他人から、「何してる？」って聞かれるのも、面倒くさくてイヤなんです。

うさぎ　それは、昔から？

しをん　そうですね。「面倒くさい」が、すべてを支配しているようなところがありますね。

うさぎ　まあ、あたしも、人から「何してる？」って聞かれても、「ドラクエしてる」としか答えられないけど（笑）。

しをん　私は「漫画読んでる」。30年前から、ずっと答えが変わらないんですよ。

うさぎ　でも「今、何読んでるの？」って話になれば、別じゃん。

しをん　あ、そうですね。相手が漫画好きだったら「あれ読んだ？」みたいになって、話が進みますよね。だからＳＮＳとかで、趣味の集いみたいなのだったら、楽しめるかもしれないですね。面倒くさいから、やろうとは思わないけど。

うさぎ　Twitterは、あたしがフォローしてるのはリア友が多いけど、その中に昼と夜で書いてる内容がガラっと変わる子がいるの。働いている昼間は温厚キャラで、三浦さんが言うところの「今日は、○○を食べました」みたいな内容が書いてあるんだけど、夜になると、一変。毒を吐き始めるんだよね、恨み節みたいな。それが決まって夜中の2時以降なの。

しをん　なんのスイッチが入るんだろ（笑）。

うさぎ　知り合いのフェミニストも、そう。深夜になると男性攻撃がすごくなって、「女なんて、こうだろ」みたいにつぶやいている男のツイートを探し出しては、「こんなこと言ってるヤツがいる！　ワー！」って騒いでさ。ミッドナイトメンヘラになっちゃうの。

しをん　ミッドナイトメンヘラ!!（笑）

うさぎ　午前2時から、人格に危機が訪れるの。あたし、そのフェミの子に「○○ちゃんの心は狭すぎて、畳2畳分ぐらいしかないよね」ってコメントしたことがあるんだけどね（笑）。

しをん　深夜のラブレター的なことなんですかね。

うさぎ　そうそう。夜中に書くラブレターなんて、やばいじゃないですか。盛り上がりすぎちゃって。まぁ、知ってる人の知らない一面を見た気がして、トクした気分にはなるけどね。

「私はここにいる」

うさぎ　あたしね、アフィリエートをやろうとしたことがあったの。アフィリエートって、ブログを用意して、そこで商品を紹介してさ、それを販売してる通販サイトにリンクさせておくの。で、クリックされたりその商品が購入されたりしたら、マージンが入ってくる仕組みなんだけど、それが、もうかるらしいって話を聞いてさ。

しをん　どんな商品を紹介したんですか？

うさぎ　入浴剤。あたしさ、風呂も入らないのに入浴剤が大好きなんですよ。

しをん　（爆笑）

うさぎ　おかしいよね？　あたしだって意味が分かんない（笑）。だけど入浴剤見ると買っちゃうの。それで、一時期、入浴剤が山のようにあって、でもお風呂に入らないから、ガチガチに固まっちゃって、粉なのに板みたいになっちゃったやつもあったの。で、アフィリエートのために、入浴剤なら紹介できると思って写真撮ったんだけど、それだけでうんざり。ブログに載せるために写真撮るのって大変だし、しかも内容が「こんな入浴剤買いました」。オチなんて、ないわけよ。

しをん　すごいオチがあるじゃないですか。

うさぎ　「入浴剤買いました！　でも風呂は入りません」。まぁ、そうなんだけどさ（笑）。何を買いましたとかさ、何を食べましたとか、おいしかったとかさ、そういうたわいもない話を、あたしは発信する気がないんだなって気づいたんだよね。

しをん　何か書くときに、話にストーリー性を持たせてオチまで考えて書く人と、そういうのは一切なくて、何食べたとか何買ったとかを書く人では、記事をアップするまでのハードルが全然違ってきますよね。オチもない話を毎日書くとか、私は苦痛なんですよね。誰もが気軽に表現・発信できるようになったっていう点は、すごくいいことだと思うんですけど、だからといって私はあんまりしたくないというか。

うさぎ それは三浦さんが、世間に向かって何かを発信しているから？

しをん そうかな？

うさぎ そうだと思うよ。あたしもたわいのない話を発信する気がないって言ったけど、もしも書く仕事をしてなかったら、やってたかもしれない。

しをん じゃあ、一種のおごりかなぁ？

うさぎ いや、おごりじゃなくて、すでにいっぱい発信してるから、おなかいっぱいなの（笑）。

しをん あ……。でも、そうですね。もし書く仕事をしてなかったら、同人誌を作っていたと思います。「オレの描いた妄想の塊みたいな小説を読んでくれ！」ということは、絶対にしてましたね。そう考えれば、オレの描いた妄想小説をアップすることと、今日、何を食べたって内容をアップするのは、何ら変わるところはありませんね。

うさぎ　そうだよね。言いたい部分が違うだけでね。

しをん　自己の表現ですからね。

うさぎ　オレの妄想とか、あたしの笑える話がある人は、超面白いブログを書いてたりしますよね。でも、特にない人もいるじゃないですか。そういう人も世間に向かって「あたしは、ここにいます」っていうのを言いたい気持ちは、あると思うんだよね。一言で言えば、承認願望。しかも、ネットの面白いところは「こんなブログ、誰が読んでるの？」って思うようなものでも、コメントって入るから。読んでくれたり、認めてくれたりする人が、１人くらいはいるんです。

しをん　確かにそうですね。趣味で書いた小説を２〜３人でもいい、コメントなり感想なりを書いてもらえたら、その人たちに読んでもらいたくて、書き続けることはあるかもしれませんね。

うさぎ　むしろ、10人とか20人とかいなくていいんだよね。それこそ面倒くさくなるから。２〜３人の小さいサークルで、つながりあえた感があればいいんだと思う。

同窓会に行く、行かない

うさぎ　三浦さんは、同窓会って出席してるの？
しをん　一度も行ったことがないです。お誘いも来ないし。派手な島グループから見れば、私は地味な島一派なので、忘れられてます。
うさぎ　お誘いが来たら行きたいの？
しをん　いや、行きたくないですね。当時、仲良しだった友達とは、今でも個人的に会えるじゃないですか。特に親しくもなかった人の近況って別に興味ないし、どうでもいいって思っちゃうんですよね。うさぎさんは、同窓会に行きますか？
うさぎ　行くよ。みんながどれだけ老けているかを見に行くね。
しをん　すごい理由（笑）。
うさぎ　だって自分が整形しててさ、みんなが同じぐらいだったら、整形っていったいなんなんだろうって問い直さないといけないでしょ（笑）。あたしより老けてたら「よっしゃー！　間違いじゃなかった！」みたいな。

しをん　私が通ってた女子校の場合、中学受験で入学した子は、小学校からエスカレーターで上がってきた子と合流するわけですよ。だんだん溶け合うんだけど、決して混じり合わない人もいるんです。その断絶が、けっこうあったんですよね……。

うさぎ　名門だからじゃない？

しをん　全然名門じゃないし、さして偏差値も高くないんですけどね。だけど中には、ほんの一部だけど、代々働いたことがないような家の子たちがいるんですよ。で、時々「あいつ、モルディブにエステ受けに行ってるんだって」って情報が入ってくるんです（笑）。一言で言えば、ヒマでヒマでしょうがない人たちなんですよ。なんか私ね、そういうのが、なんだかなあって思っちゃうんです。それもあって、同窓会に行きたいとは思えないんでしょうね。

第5章 女子の王道

ブスの壁

うさぎ　美人か、ブスか。美醜という基準は、女子の生き方をとても縛るものだよね。女子って「でも、ブスじゃん」の一言で、それまで積み上げてきたものが、すべて台無しにされる感ってあるから。あたし、東電ＯＬ殺人事件※も、そうだったんじゃないかって思うんだよね。当時39歳だった被害者の女性は、昼間は東電の幹部社員、夜は娼婦をしてて、渋谷区円山町にある古ぼけたアパートの一室で何者かに殺されちゃうんだよね。

しをん　ずいぶん前の事件ですけど、いまだに記憶に残っていますね。

うさぎ　うん。殺された彼女は、小さいときからすごい努力家だったんです。スポーツは必ずしも得意じゃなかったのに、マラソン大会でたまたま1位をとったばかりに、それからマラソン大会は1位をとらなきゃいけないと思って、頑張って練習に励むような生真面目さがあった。勉強もできたから、一流の会社に就職するのを目標に掲げて、それを達成するまでは良かったけど、社会に出てから挫折するんだよね。総合職のエリートで、バリバリ仕事ができて、頭が良くて、弁がたつ人も、「でも、ブスじゃん」の一言ですべてのキャリアが台無しにされちゃう。そんな感覚に、しばしば遭遇したと思うの。「私は、本当にみんなが言うほど、男に求められていないの？　そこまでブスなの？」っていう思いが、夜の仕事につながったんじゃないかって、あたしは思ってるの。

しをん　女子の生きづらさみたいなものを体現していたんですね。

うさぎ　そう。だから、あの事件が起きたとき、多くの女が、「東電ＯＬは、私のことかもしれない」って他人事とは思えなかったんだよね。

しをん　私ね、「努力すれば、なんとかなる」っていうのは、学生時代までの話であって、社会に出て働き始めてからは、努力ではなんともならないことがいっぱいあると思ってるんです。根回しだったり、タイミングが大事なこともあるだろうし。頑張れば頑張るほど、仕事が報われるわけでもないんですよ。でも、それに気づけないというか、それをどうしても認められない人もいるんだと思うん

※東電ＯＬ殺人事件……１９９７年に東京電力の社員だった女性が、東京都渋谷区のアパートの一室で殺害された事件。

です。

うさぎ　それは、男女問わず、だよね。

しをん　はい。学生時代はがむしゃらに勉強して、校内で一番の成績で東大に入ったとしても、会社では途端に思うようにいかなくなることは、男性にもあると思う。でも、会社組織はいちおう男性向けに作られたものだから、うまく立ち回れば、ある程度はどうにかなると思うんです。だけど、女が同じことをしても、何かの拍子に「でも、ブスじゃん」っていう一撃があるんですよ。

うさぎ　最後は、ブスの壁にぶつかるんだよね。

しをん　あと、ブスの壁は仕事だけじゃなくて、結婚にも影響を与えると思います。男はどんなにブッサイクでも、それなりの会社に勤めていれば、極端に言えば、顔も性格も悪くておまけに不潔だったとしても、たいがい結婚できるんですよ。

うさぎ　若いときにお金がなくて社会的地位もなくて無力でも、年をとって金なり社会的権力を得れば、それなりに相手にされるからね。

しをん　でも、女は一生懸命に総合職でバリバリ働いて、高収入で、それなりの地位になって、部下にも慕われる存在になっても、それは結婚とイコールにはならない。結婚できないのは、その人がドブスだからじゃないですよ。単に出会いの機会がないだけなんだけど、それでも本人は、「きっと周りは、私がブスで女としての魅力に欠けるから結婚できないと思ってるんだろうな」って思っちゃうことがあると思うんです。それは、男性にはあまりない感覚というか。

女が作ったカツアゲシステム――専業主婦

うさぎ　ただね、どうしても、こういう話をするときに見落としがちなことがあって、それが、実は、女子は女っていうだけで、ものすごく得をしているってことなの。

しをん　女を武器にしてるってことですか？

うさぎ　いや、女を武器にするしないに限らず、女であるだけで得してる部分があるってことなの。例えばあたしはね、20代の頃、コピーライターだったんだけど、女の子だからっていう理由で、使ってもらってたことが絶対にあったと思うの。それこそ誰に頼んでもいいような仕事だったら、若い女子と一緒の方が楽しいから、あたしにお願いするとかさ。今、振り返ればだよ。そのときは、絶対にそんなこと認めたくなかったし、そんなふうに思われるのは心外だったけどね。

しをん　書く仕事に、男女って関係ないですからねえ。

うさぎ　うん。パンツ脱いで仕事もらってるわけじゃないんだしさ。でも、あれから何十年もたって、少しフラットなモノの見方ができるようになって振り返ると、やっぱり得をしてたし、その代わり、バカにもされてたと思う。女だからってことで。

しをん　ん〜。私は……どうなんでしょうねぇ……。

うさぎ　本人は自覚してないことも多いから。でもね、この「女は得してる」って側面が抜け落ちると、一部のフェミニズムの人みたいに「女は差別的な扱いを受けている！」ってなっちゃうんだけど、そうじゃないの。だって、女の方が、性的な意味では強者なんだからさ。専業主婦は、フェミニズム的に言うと「女を家の中に押し込めて、社会に出さずとは何ごとか」ってなるけど、違うんだよ。だって、そもそもこのシステムは、絶対に女が作ったと思うから。

しをん 「家でゴロゴロしたいから、おまえは肉を獲って来い！」という感じですね。

うさぎ そう（笑）。言うなれば、カツアゲシステムですよ（笑）。女は命がけの狩りに男を行かせるの。子どもがいるとかいないとかは、関係ないの。女は、力が弱くて狩りに向かないからっていう理由で、洞窟の中でムシロを繕ってたでしょ。でも、男が強い女は弱いとかじゃなくて、そういう役割分担ができたのは、「あたしが食べるものを、あんたが命がけで働いて獲って来い！」って女が仕向けたと思うの。

しをん 確かに、カツアゲ（笑）。

うさぎ そうですよ。女がカツアゲシステムを作ったんですよ（笑）。じゃあ、なんで家でのうのうとしてる女のために、男が命をかけてまで狩りに出かけて食べ物を運ぶかっていったら、これはセックスだよね。セックスをエサにされたら、男はなんでもやるわけ。それが、女は家の中で主婦をして、男は社会に出て働くっていう起源だと思うの。男だって、ずっとその状況に甘んじるわけにはいかないから、セックスという女のエロス権力に対抗するために、反乱を起こして経済というシステムを作ったんだよね。

しをん　経済という権力を持つことで、立場が逆転したんですね。

うさぎ　そう、お金を稼ぐ男の方が偉くなったの。だけど、女が男を働かせるっていう根本的な構造は変わらない。つまり自らの意思で専業主婦になって、働かない女がこれだけいる日本っていうのは、女が男を働かせるシステムを本当にうまく利用している女が多い国だともいえるわけ。よく日本の女性の社会進出率はいまだに低いとか、男中心の社会だとか、日本はまだまだみたいな論調の内容が新聞や雑誌に載ることがあるけど、そうじゃないんだよね。

しをん　専業主婦って、いうなれば特権階級か。

うさぎ　そうですよ。働かなくても食っていけるのは、貴族なんだからさ。フェミニズムのいうところの疎外されているとか、迫害されているという話とは全然違うから。

しをん　だから男に対して、「そうだね～」「すごいね～」って言える女性が多いのかもしれないですね。

うさぎ　カツアゲシステムを、うまく利用してるからね。

しをん　一方で、カツアゲシステムからこぼれ落ちちゃう人も、絶対にいたはずですよ。例えば、「おまえのために命をかけてまでマンモスは獲りたくない！」と思われちゃうような、性的魅力に欠ける女性とか、マンモスを狩りに行ったものの、踏み潰されそうになって命からがら逃げる男性とか。

うさぎ　いたと思うよ。いろんな諸事情で、男がマンモス狩りを断念して、海岸で拾ってきた貝ばかりが食卓に並ぶ家はあっただろうね。

しをん　「また貝か。貝はもう飽きたわ～！」

うさぎ　「いっつも貝なのね、あなた!!」

しをん　「いいかげん、肉がいいわ！」って、女から三行半を突きつけられて、マンモス狩りが上手な男のところに行かれちゃう、ひ弱な男性もいたかもしれませんね（笑）。集団行動が苦手な男性にとっても厳しかったでしょうし。マンモスを狩るなんて、大勢で協力しないと獲れないだろうから、協調性がなくて、全然その集団になじめない人だったらキツいですよね。サッカーの試合でいえば、フォーメーションの指示を理解できず、理解できたとしても、その通りに動けず、うろうろしてるだけ、みたいになっちゃいそう。

うさぎ　モンハン※でも、いるよね。みんなでモンスター狩ってるのに、1人でうろうろしちゃう人。いわゆる、落ちこぼれですね。いたでしょうね。

しをん　落ちこぼれの人たちは仲間から外れるしかなく、飢えて死ぬかもしれないけど、案外、一人で木の実とか採って細々と暮らしていたかもしれないですね。

うさぎ　そうね。性的パートナーは見つけづらいとは思うけど。

しをん　見つけづらいですよね。そういう人たちって、現代でも男女問わず、一定数いると思うんですよ。別にそれは悪いことじゃない。その時代の大勢の趣味には合わなかっただけで。

うさぎ　そういう人は、別のヒエラルキーで生きるしかないよね。

しをん　そうですね。その方法の一つが、手に職をつけることじゃないのかな。例えば、医者でも公認会計士でも、なんでもいいんですけど、資格を取って仕事をしている人は、人生の選択肢が広がるというか、自分の裁量で決められることが増えるんじゃないかと思います。まぁ、ある程度の年齢になってから今さら資格取得って言われても、現実的じゃないかもしれないけど……。

勃起はトロフィー

うさぎ あたしの20代の頃って、フェミニズムにガンガンに洗脳されてたから、専業主婦になるのはイヤで、自分の能力なり才能なりで自立して、社会的に認知されるのが理想だったの。でも、それって想像するだけで、あまりにもハードルが高そうで腰が引けてさ。どっかで「無理なら、結婚すればいっか」みたいに思ってたのは、確か。そこなんだよね、女子の楽さは。

しをん そうそう。「無理なら、結婚すればいい」って発想は、女子ならではですよね。

うさぎ 女子はもともとエロス権力を持ってるからね。美人だったり男うけがよかったりする女子が、その後を考えたときに、結婚した方がいいと思って、エロス権力を行使しちゃうのはよく分かる。

※モンハン……「モンスターハンター」の略。ハンティングアクションゲーム。

しをん　そうですね。女子が社会的な地位を得ようとがむしゃらに働いても、「でも、ブスじゃん」って言われ続けるわけですからね。

うさぎ　しかも、エロス権力は年齢とともに失われるじゃない？　それって、既得権益が奪われる感覚だと思うの。補塡がきかない。社会的な地位を得ようと躍起になっても、補塡がきかないことには変わりないわけ。そうなると、見た目の若さや美しさに、いつまでもしがみついて、既得権益の所有期間をできるだけ長引かせようとするんだよね。だから美魔女がもてはやされる。

しをん　いくつになっても、「美しい私」を目指すということですよね。

うさぎ　そう。あたしね、美魔女がもてはやされるのは、他人から見て「現役感があるから」だと思うの。40歳になっても、50歳になっても、女として、きれいで現役感があるっていうのは、既得権益をまだ行使できますってことだから。あたしは、※高梨のところで整形してるけど、あそこの患者なんて美魔女だらけですよ。

しをん　整形とかダイエットで、ある程度きれいになったら、どうするんですか？

うさぎ　多くの人は試したくなっちゃうの。

しをん　ああ、自分の価値をね。磨き抜いた、おのれの価値を。

うさぎ　そうそう。おのれの価値を試す道場として、恋愛市場を選ぶ人が多いの。しかも、かなり年下と恋愛する傾向があるんだよね。旦那も子どももいる女が、息子と同じぐらいの年の男と恋愛することもよくあるの。

しをん　なんで？

うさぎ　それがトロフィーになるから。息子と同じぐらいの年の男が、あたしに本気で惚れてチンコ勃ってます、っていうのがトロフィーになるの。

しをん　なるほど。それを誰かに自慢するんですね。

うさぎ　同性に自慢するの。

しをん　異性じゃダメなんですね。

うさぎ　同性に話すことでヒエラルキーの上に立てるっていうか、自分のステータスになるんだよね。

しをん　それは仕事で成功したおっさんが、外車に乗って、おいしい料理を食べ

※高梨のところ……タカナシクリニック。

て、若くてきれいな女をはべらせて、「オレってモテるんだぜ」って同性の男に自慢するのと同じ感覚ですね。

うさぎ　そうだね。「おまえらは、こんなもの手に入れられないだろう、うらやましいだろう」みたいな。

しをん　うさぎさんは、いつから整形をはじめたんですか？

うさぎ　43歳でプチ整形したのが最初ですね。今は、顔も、おっぱいも、腹も全部整形してる。整形サイボーグですよ。整形って、肉体改造する感覚がすごく面白いの。漫画の『コブラ』に出てくる、コブラの左腕に仕込まれたサイコガンって銃あるじゃん？ あれみたいにオプションをつけていく感覚なんだよね、おっぱいなんか特に。胸なんて、たいして大きくしたいと思ってなかったけど、面白がってやっちゃったから。三浦さん、整形ってね、静止画に強いんです。知ってましたか？

しをん　そうなんですか？

うさぎ　うん。人間の顔って、顔立ちと顔つきの二種類あるの。静止画は、顔立ちが全面に出るの。つまり、整形して非常にバランスの整った美人顔になった人は、静止してれば、当然、美人ですよね。でも、いざ動いてみると、笑い方が下品だったりとか、ちょっと口を動かすときに意地悪そうに曲がるとか、どうしてもその人のクセが出ちゃうの。

しをん　ほぉ〜。

うさぎ　一方で動画だけの美人もいるんです。特に整形もしてなくて、正面から見たときはタヌキみたいな顔してる人が、ふと笑ったときの表情がすごくチャーミングに見えたりすることとかあるでしょ？　あれは顔つきが全面に出てるの。

しをん　分かるかも。女優さんでも、特にきれいだと意識したことはなかったけど、その人が出演している映画を観たら、ふとしたときに見せる表情が、めちゃくちゃきれいだったってことがありますね。

うさぎ　黙ってるときはたいしたことないのに、いざしゃべると、すごくかわいく見える子もいるからね。

しをん　いるいる。顔だけじゃなくて、しぐさやしゃべり方とか、総合的に判断して、「あの子、かわいい」ってなりますね。

捨てた選択肢に復讐される

しをん　もし私が男だったら、たぶん、小説を書く仕事はしてなかったと思います。
うさぎ　どうして？
しをん　わりと権威主義的だから。
うさぎ　そうなの？
しをん　はい。だから男だったら、大学行って、そのあと就職して、結婚して、出世してっていう一本道を目指して、それに対して疑問に思わなかった気がするんです。実現できたかは別だけど。あの人は自分と全然違う生き方をしているけど、なんでだろうって想像することもなかったと思う。そういう意味では、女の人って一本道みたいなものって、あんまりないですよね。
うさぎ　選択肢がたくさんある。
しをん　そう。結婚するのか、しないのか。専業主婦なのか、共働きか。子どもを産むか、産まないか。産むなら何人か。選択肢がたくさんある分、大変とも言えるけど「まあ、これでいいか！」って、いったん思っちゃえば、その後は、どれだけ王道から外れようが、そこまで気にしないというか。特に、都会に住んで、食べていけるだけのお金を稼いでいれば、周りから「いい年して、そんなんでいいと思ってるのか！」とは、あまり言われないです。いろんな意味で、「大丈夫？」とは言われるけど（笑）。だけど、男の場合は一本道だから、余計なことをいちいち考えなくて済む点では、お気楽かもしれないけど、みんなが出世を目指すから競争が激しい。そういう意味では、プレッシャーがキツいだろうなって思います。

うさぎ　サブカルとかオタクとかって、そこから漏れ出た人たちがグループになって作っていったカルチャーだよね。

しをん　「オレはこっちが好きだから、これでいくんだ！」って感じですよね。

うさぎ　そういうカルチャーを作ることで、メインストリームで生きている人たちに対抗したんじゃないかと思うんだよね。だから、どこかメインストリームを小バカにしているところがあるの。

しをん　女子は、そこは自由ですよね。専業主婦になろうが、キャリアウーマンのままでいようが、選択肢がたくさんあるから。

うさぎ　その代わり、女子は捨てた選択肢に常に復讐される。

しをん　それはある。

うさぎ　専業主婦は、キャリアウーマンに対して「自分の自由になる金を持っていいよな」って羨望とやっかみがあり、キャリアウーマンは、専業主婦に対して「あたしはこんなに頑張って働いているのに、専業主婦はラクでいいよな」って羨望とやっかみがある。どっちも「あたしが、もし、あそこで、こっちを選んでいたら、その方が良かったのかな?」って、捨てた選択肢に復讐されてるんだよね。男は、捨てた選択肢はないけど、メインストリームからこぼれたときに厳しいから、サブカルやオタクとかある種の派閥を作って、アイデンティティーを保ってきたってことだよね。

評論好きな男、創作する女

しをん　オタクの中でも、男と女では、そのあり方が違うかもしれませんね。オタクの男性は、評論好きな人が多くて、理屈づけするのが趣味みたいなところがある。もちろん、全員をそうくくることはできませんけどね。でも、オタクの女性が評論し合うなんてことは、まずないです。

うさぎ　評論しない女は、何してるの？

しをん　創作（即答）。好きな原作のストーリーや世界観をもとに、新たに創作する人が多いと思います。

うさぎ　好きなものを「好き！」っていう感覚って、あたし、KAWAII文化に通じると思うの。かわいい、かわいくないって、言語化できるものじゃないよね。センスの問題になるじゃん。もちろん、明らかにセンスがいい、悪いっていうのは、みんなが暗黙のうちに共有してるんだけど、その共有部分も曖昧だから、時々はずすわけ。

しをん　自分はかわいいと思ってても、みんなが「え!?」って思うことってありますよね。

うさぎ　そうそう。でも、それも笑い話になる程度の軽いことだし、そういう

「かわいい」を、「好きだから、それでいいじゃん」って、ゆる〜い感じで共有して、いちいち説明する必要もないし、みたいなのが、女子のオタク文化やKAWAII文化だったりすると思う。でも、男子は違う。絶対に説明したがるから。

しをん 理屈づけがすごいですよね。

うさぎ あれはもう性癖だと思う。そして、あたしはけっこう理屈好きだから、論理によりがちなところは男っぽいの。自分の好きなものを説明しがちなんだよね。そこはたぶん、女子から「そこまで説明しなくても……」って、うっすら思われてるよね(笑)。

しをん もちろん、女性も「どうして私は、この作品が好きなんだろう?」って考えると思うんです。それに基づいて、このキャラクターはこういうタイプだから、こういう言動をするに違いないって思いながら創作するんですよね。ただ、その作品に対して、自分とはまるで違う見方をしている子がいたときに、なぜだろうって分析したいとは思わない。例えば、私は作品に出てくるAさんとBさんが好きで、他の人はBさんとCさんが好きだとしますよね。このとき、AさんとBさんのカップリングが好きな人は、非常に少数派で、BさんとCさんのカップリングの方が絶大な支持を得ていたとして、「どうして私のお気に入りのAさんとBさんは人気がないの?」とか「なんで、BさんとCさんが、あんなに人気があるの?」と、突き詰めて分析しようとは思わない。単に好みの問題だから。
うさぎ 『スラダン』で、あたしは、カップリング的には三井と流川(るかわ)が好きなんだけど、三井と木暮の組み合わせは、どうしても分かんないんですよ。そのときに、あたしは考えてしまうんだよね。三井―木暮を好きな人は、疑似男女関係を投影していると仮定した場合、何を求めているんだろう? みたいに(笑)。そこは、オタク女子はいちいち分析しないんだろうね。

主婦にもOLにも向かない

うさぎ 三浦さんは、結婚願望は強かった?
しをん 全然。小さい頃から、お嫁さんになりたいって思ったことがないんです。結婚がちょっとよぎったのは、大学生のとき。あまりにも就職活動がうまくいかなくて、男女問わず、みんなで「専業主婦(専業主夫)になりたいよね」って言ってました。みんな家に入ったら、誰が稼ぐんだよ！　って感じですけど（笑）。

うさぎ　今も結婚願望はあまりないですよね？

しをん　そうですね。生理の勢いが弱くなってるとか、そういうのを目の当たりにして、子どものことは考えたけど、切羽詰まった感はないですからね。

うさぎ　あたしは子どもが欲しいと思ったことは全然なくて、結婚もそこまでしたかったわけじゃないけど、一度、経験したじゃないですか？　結婚してみて、初めて「あたしには、主婦は本当に無理なんだ」って、はっきりと分かったよ。

しをん　家事が苦手だから？

うさぎ　それもある。結婚するまでは「主婦なんて誰でもなれるもの」って、高をくくってたの。共働きで年中家にはいなかったから、「空いた時間に、ちょちょこっと片づければいいんでしょ？」って思ってたけど、全然違った。家事があまりにもキライすぎて、本当にできなくて「誰でもできるわけじゃないんだ、少なくとも、あたしにはできない」って、はっきりと悟ったの。だから、あたしは、専業主婦をやってる人のことは感心してるんだよね。

しをん　そうですよねぇ。家事って、3日間だけとか終わりが見えるなら希望をもって取り組めるけど、家事だけが何十年も続くと思ったら無理ですね。向き不向きがありますからね。

うさぎ 主婦にも向いてなかったけど、OLにも向いてなかったんだよね、あたし。

しをん どんなところが?

うさぎ OLのときは、伝票を切る仕事だったの。でも、伝票を切るっていうのが、無理なんですよ。仕事だからやってたけど、事務仕事が本当に苦手で、つらくてたまらなかったの。やろうと思えば、できる仕事だと思うんだよ。でも、「やろう!」って、徹底的に思えないの。事務仕事をやるなら、まだ営業に回された方が良かった。だけど、当時、あたしが就職した頃は、総合職はなかったし営業は男の仕事だったから。女子は会社にずっといて、電話を取り次いだり、取引先からのクレームに「すみません」って謝ったり、伝票切ったり、朝と15時にお茶を入れたり、机を片づけるのが仕事だった。三浦さんは、結局、就職はしなかったんだっけ?

しをん はい。大学を出て、小説を書き始めてからもしばらくは、古本屋でバイトをしてました。それは、非常に自分に向いてましたね。接客業に向いているかは分からないけど、取り扱っているのが本っていう好きなものだったから、大丈夫だったんです。

うさぎ　事務仕事はやったことはないの？

しをん　それが、やったことはあるんですけど……。電話応対して、注文書を書いて、発注するのが主な仕事で、一生懸命やってたけど、なんか「ガーーーっ」って叫びたくなることが、しばしばあって（笑）。みんなのコーヒーを入れる係でもあったんですね。私、その頃、コーヒーってあんまり飲まなかったし、入れ方もよく分からなくて。十数個ぐらいのコーヒーカップを並べて、この人はミルクあり、この人には砂糖2杯とか、それを覚えるのがすごく大変でした。

うさぎ　それは緑茶にしてもらおう。緑茶にしたら、それぞれの好みなんて関係なくなるから、ダーーって入れればいいんだから、たこ焼きの生地を流す要領で（笑）。

しをん　当時はそんな提案できるはずもなく（笑）。あとね、外国から電話がかかってくるんですよ。私、英語が苦手すぎて、簡単な読み書きもダメで。ましてや電話のヒアリングなんてできるわけがないんです。そうなると、しょうがないですよ。「あ、外国から電話だ！」って思った瞬間に、ガチャ！　回線状態が悪かったり間違えたりしたフリして、切ることがありましたね。

うさぎ　「Ooooooooooops!」とか言って（笑）。

しをん　何か起きたらしいように見せかけて（笑）。言葉を発するときは「lunch」って言うようにしてましたね。「あなたが電話で話したい人は、昼食でいませんよ」っていうのを一言で表現するために「Sorry,lunch」みたいに。本当は、上の階にいたりするんですけど（笑）。でも、あまりにも英語ができずに、本当に申し訳ないなと思っていました。こう見えて私、けっこう小心者なので、胃に穴が開く寸前になったんです。

うさぎ　そこは、長くは続かなかった？

しをん　はい。3カ月ぐらいで辞めました。どうしても英語の電話が無理だからって正直に言って。それから、古本屋で2年半ぐらい働きました。

うさぎ　あたしたちの時代は、大学を卒業してからアルバイトっていうのはあり得なかったね。フリーターっていう概念がなかったから。

しをん　そうですよね。私たちのときは、就職氷河期だったので、友達でも就職できた人の方が少なかったんです。その後、自営業になった人は多いですね。

起きられないＯＬの顚末

しをん　でも私、どっちみち、ＯＬにはなれなかったんじゃないかと思うんですよね。
うさぎ　なんで？
しをん　まず、朝起きるっていうのがね……。そんなこと言ってる場合じゃないけど。
うさぎ　そんなこと言ってる場合じゃないですね。学校と一緒だと思えばいいんですよ。
しをん　私ね、中学、高校、大学と、片道1時間半ぐらいかけて通ってたんですよ。トータル10年間も。それで自分の持っている勤勉さを使い果たした気がします。生まれ持った勤勉さの量が、非常に少なかったにもかかわらず、通学時間で使い果たした。

うさぎ　あたしも人のこと言えないけど、でも、最初のＯＬ時代までは、何の不都合もなく、定時に会社に行く生活をしてましたよ。もちろん、朝起きるのはつらかったし、ぎゅうぎゅう詰めの電車に揺られるのもイヤだった。でも、朝がつらいからＯＬに向いてないとは、思わなかったね。

しをん　仕事なんだからって思えば、そうなれるかもしれませんね。

うさぎ　ただ、ＯＬのあとからは歯車が狂い始めたの。ＯＬのあとは広告プロダクションに入ったんだけど、朝がゆるくなってさ。10時や11時の出勤なんて当たり前。遅くに行っても、あたし一人しかいない日もザラみたいな環境で働くようになったんだよね。そのあとフリーになったら、もっとひどくて、平気で昼まで寝てる生活でしょう。

しをん　そうなると、もうＯＬ生活はできなくなりそうですね。

うさぎ　そうなの。最初に結婚したときにね、あたしも相手もフリーランスで、どう考えても金銭的に不安だから、どっちかが働きに出た方がいいって話になってさ、それで、なぜか、あたしが就職したんですよ。横浜髙島屋の宣伝広報に。

しをん 横浜髙島屋で働いてたことなんて、あったんですね。

うさぎ そうなの。だけど、その頃には、怠惰な生活が骨身に染みちゃってたから、見事に朝、起きられない人になってたの。OLのときは朝8時きっかりに出勤して、遅刻もせず、男の社員が出勤するまでに机を拭いて、お茶を入れていたあたしが、横浜髙島屋で働く頃には、出勤時間ギリギリに行くのが精いっぱい。しかも、毎日タクシーですよ（笑）。タクシーに乗っても間に合わないことがよくありました。

しをん すごい変化（笑）。

うさぎ しかもさ、当時、あたしは桜木町ってところに住んでたの。横浜髙島屋で働いている社員の誰よりも、家が近かったの。

しをん 徒歩でも15分ぐらいで着きますよね？

うさぎ そうなの。それなのに、頑張ってもどうしてもちゃんと起きられず、毎朝、「タクシー！」って叫んで（笑）。「一番、家が近いのに、なんで遅刻するんだ！」って、よく上司に怒られました。だけど、怠惰な生活に慣れてしまうと、定時に行くことがバカバカしくなってしまったの。「8時に行って、何かあるわけ？」って思っちゃったんだよね。何かって、仕事があるに決まってるんだけどさ（笑）。

世界でたった一人のあたしの味方

うさぎ　あたし、関西の大学に行ったときに、「女の子が、『やばい』とか言うたらあかん！」って言われたじゃない？　あの頃、何度か「女は、こうでなければあかん！」的な発言を聞いて、それがあたしの思う女性像と、全然合ってなかったのね。20代ぐらいまでは、この問題を引きずって考えてた気がするの。あたしの思う女性像と、世間の思う女性像は、どうしてこんなに違うのか。あたしが世間に合わせるべきなのか。それとも、世間があたしを認めるべきなのか、みたいな問題。

しをん　折り合いはついたんですか？

うさぎ　うん。たぶん買い物依存症になってから、だんだんと折り合いがついたんじゃないかと思う。買い物依存症になったあたしって、非常に世間体が悪いじゃないですか。それはもはや「女としてどうなの？」っていうよりは「人としてどうなの？」ってレベルでしょ（笑）。買い物依存症なんて、なりたくてなったわけじゃないんだよ。なのにコントロールがきかなくて、どうしても買い物がやめられなくて、その時点で「人として、こうなっちゃあかん！」みたいな落伍者になってしまったわけじゃない？　でも、まぁ、そうなったときに、世間的にはアウトだろうけど、それでいいと思ったの。「だったら世間はいらん！」って思ったんだよね。「おまえがいらん！」って言うなら、あたしだって「おまえらなんて認めてやらん！」みたいな（笑）。

しをん　逆ギレ状態（笑）。

うさぎ　でも、本当。あたしは、世界でたった一人のあたしの味方なんだから。

しをん　今、うさぎさんの話を聞いてて思ったけど、「女として、どうも望まれているらしい女性像」っていうのは確かにありますね。それは、ぼんやりと分かるんだけど、どうやら自分は、そういう世間の期待には応えられないらしいって、ずっと思ってました。とはいえ、なんとかなるだろうという希望もあったんです。それが20代。まさか、いくらなんでも、ここまで買い手がつかないとは思いませんでしたけどね。

うさぎ　30代で、心境の変化はあったの？

しをん　希望を捨てきれずに過ごしてきたけど、さすがに最近では「なんともならねーよ！」って思ってます。そもそも、望まれているかもしれない女性像に近づけようとする努力をまったくしてないし。そういう女性像に、私が合わせるのは無理ですし。もう一つ「女としてどうなの？」どころか「人としていかがなものか？」って思う部分もありますから。

うさぎ　人として？

しをん　そうです。つまり一言で言えば、おおかたの人はこんなに漫画のことばっかり考えてないってことです。

うさぎ　そうだね。

しをん　社交すらも打ち捨てて、本とか漫画をずーっと読んでいる人って、そんなに多くない。しかも書くのが仕事でずっと家にいるから、読む時間はいっぱいありますよね。そうなると仕事なのか趣味なのか、もはや分からず、常に何かを読んでいる私に対して、周囲の誰も何も言わなくなってくる。「え？　なんだろう、これでいいのかな？」って思うことがあるんですよ。「やめるべき？」みたいな。でも、最近は、もういいかなって。「しょうがないよ、ずっとこうなんだもん」って感じです。

しをん　そんな世の中、こっちから捨ててやる！（笑）

うさぎ　そうだね。漫画を貪り読む三浦しをんをダメだと世間が言うなら……。

隠遁力

しをん　出家制度がもっと根付いたら楽なのになって、最近よく思うんです。

うさぎ　どういう意味？

しをん　瀬戸内寂聴先生みたいな。まぁ、寂聴先生は、男女の仲とかいろんなものを味わい尽くしたうえで出家していると思うからちょっと違うけど、つまり「大変残念ですけど、私はモテとかそういう文脈からは脱落させていただきます」っていうことを、もっと分かりやすく、世間に示す制度があっていいんじゃないかって思うんです。

うさぎ「殿方とのあれこれには興味がありません」って宣言するために、修道院に入るようなものだね。

しをんそうです。前に、友達と話してたんですよ。その友達と私は漫画好きで、毎日のように漫画を読んで、あれこれと漫画について考えてるんです。誰にも頼まれてないのに。そういう私たちに対して「最近、どうなの？」って聞いてくる人がいて、失敬じゃないかと。「あなたは、お寺に籠もって一生童貞で仏道に励んでいる高僧に対して、『最近、どうなの？』って聞けるのか」と。それぐらい、とっても無礼なことだよねって話してたんです。

うさぎそれは、性愛に対して？

しをんそう。「彼氏はできた？」「結婚はしないの？」みたいなニュアンスで、「最近、どう？」って聞く人がいるんです。そっち方面での変化などあるはずなかろう、こちとら修行中なんだから！　まぁ、「あなたは、お寺に籠もってる高僧に対しても云々」ってところから説明するのは面倒くさいので、「なんにもないねー」と答えるんですけど。でも内心、「彼氏も結婚も求めてねえし」って悪態ついてます。

うさぎ　まぁ、分かりますよ。「私は結婚に興味はありません」ってことを、世間に宣言するシステムが必要だってことだよね？　言われてみれば、確かにそうかもしれない。だけど出家制度ってなると、仏教徒にならなきゃいけないじゃない。仏教の教えを今から勉強するのも面倒くさいし、それとは切り離した制度があったらいいかもしれないね。「三浦隠遁術」みたいなさ。

しをん　隠遁力とか？（笑）　新書のタイトルみたい。

うさぎ　隠遁塾を開いてですね、そこの塾生になったら隠遁してもよしっていうシステムを作ればいいじゃない。

しをん　まぁ、私も他人におすすめはしないけど、あたしは作らないけどね（笑）。

うさぎ　つまり、金とセックス以外の価値で、平和に生きていきたい人間同盟みたいなね。

しをん　そうですね。歌を詠んで暮らしましょうでも、畑を耕して暮らしましょうでも、なんでもいいんだけど、「最近、どう？」って聞かないし聞かれない、そんな人間に私はなりたい。

うさぎ　妊婦マークみたいに、バッジをつければいいんですよ。「隠遁ナウ」みたいな。

しをん　車の後ろに貼る「赤ちゃんが乗っています。」っていうステッカーみたいなのでもいいですね。「隠遁しています。」って。だからどうしたって思われそうだけど(笑)。

女子は漂流し続ける

うさぎ　三浦さんは女子校時代からオタクまっしぐらで、一貫して女子力というものに、距離を置いて生きてきたんだね。

しをん　その力を発揮できるものならしたかったけど、できずじまいですね。

うさぎ　あたしは女子校時代から、女子力まったただ中みたいな環境に生きてきて、40歳を過ぎて、整形をはじめ、エロス権力をいかに長引かせるかに力を入れてる。同じ女子校出身なのに、真逆の人生を歩んできたよね。だけど、根底の女子力に対する考え方は、似ているところがあるような気がする。

しをん　2人とも、岸からだいぶ離れちゃったところは似てますね。

うさぎ　あたしは派手なグループの島にいて、いかに男にモテるか考えて、女子力まっただ中を歩んできたつもりだったのに、いつのまにか岸から離れちゃって（笑）。

しをん　私は地味なグループの島で、漫画に没頭していたら、いつのまにか岸から離れちゃって（笑）。

うさぎ　まさに漂流だよね。女子がいかに王道を生きようとしても、離れ小島で生きようとしても、どっちみち漂流してしまう。じゃあ、漂流しなかった女子って誰なの？

しをん　私も今、考えてたんですけど、沖から大陸に向かって「おーい！」って手を振ってみるものの、実はそこには誰もいないんじゃないかと。

うさぎ　無人の大陸なのか。

しをん　そうなんですよ。つまり、海の上に、大小さまざまな無数の島がぷかぷか浮いてて、そこだけで女子は生息しているのかもしれないですよね。それで、たまに別々の島の住人が、ガラスの瓶に近況報告をしたためた手紙を入れて送り合っている。だけど、大陸には女子はいないんです。

うさぎ　大陸には、男がいるんですか？

しをん　男たちは……、海中でモゴモゴしてるのかな、海藻みたいに（笑）。

うさぎ　男たちも、それぞれの小島で生息してるかもしれないよね。そう考えたら、大陸に人がたくさんいるかもしれないって思うのは、幻想かも。大陸という世間体があると思うから、生きづらい。

しをん　そうですよ。上陸許可を得たいと思って、必死で大陸の岸に向かうんだけど、いざ着いたら無人なわけですからね。

うさぎ　その岸にマジョリティーがいるって信じているから、生きづらさが生まれるけど、そこに誰もいないと分かれば、急に楽になるね。

しをん　そうですね。岸に着いたものの、生息しているのは見たことのない新種の動物だけ（笑）。そう思えば、女子力があろうが、なかろうが、別にどっちだっていいんだって割り切れそう。

うさぎ　本当ですよ。っていうか、55歳で女子力って言うあたしって、その時点でどうかと思うよ（笑）。

あとがき

中村うさぎ

我々は、漂流している。

たどり着くべき岸辺も持たず、頼りにすべき島影もなく、ただただ茫洋(ぼうよう)たる大海原を西も東も分からないまま漂い続ける寄る辺なき存在である。

この漂流にゴールがないことを、はっきりと認識したのはいつごろだろうか。30代の頃はまだゴールがあると信じてた。40代くらいから懐疑的になり、40代後半くらいには諦めていたような気がする。

我々の人生には、目指すべきゴールなどない。

なんだ、そうだったのか。最初からそう言ってくれればいいのに。若い頃はどこかにゴールがあると信じてたから、がむしゃらに筏(いかだ)を漕(こ)いでしまったじゃないか。

だが今回、三浦さんといろいろ話していて、目からウロコが落ちた。

そうか！　どこかにたどり着こうとしない生き方があるんだ！

三浦さんは、がむしゃらに筏を漕ぐこともなく、ぷかぷかと漂いながら、好きな漫画を読んでいる。好きなものに没頭していられれば、筏がどこに流れて行こうがお構いなし。もしかすると島影を通り過ぎちゃってるかもしれないけど、そのことで悔やんだりする気もない。ある意味、生粋の漂流者なのだ。

こんな生き方があるんだなぁ。しかも、とっても楽しそうじゃないか。

三浦さんと私の違いは、世代的なものもあるだろう。私は高度成長期とバブルを体験したギラギラの自己実現世代だし、三浦さんは就職氷河期で野心や野望なんて腹の足しにもならないことを知ってしまった世代だ。自己実現なんてゴールがどこにもないことを、あらかじめ知ってしまった世代。そして、そんな三浦さんはオタクという道を選び、悠々自適の漂流者ライフを身に着けたわけである。

なんか、うらやましい。私も三浦さんのように飄々(ひょうひょう)とした自由なオタクライフを生きれたら、どんなにか楽しかっただろうか。でもまぁ、そういう生き方を選んでいたら、間違いなく物書きにはなってなかったけど。

私の人並み外れた負けず嫌いと野卑な上昇志向が買い物依存症という病を呼び、それが私のその後の人生を決定した。エッセイストという職業も、そこから出発した。だからまぁ、がむしゃらに筏を漕いできたことを後悔はしていない。ただ、ゴールなんてどこにもないと分かった今、オールを手放し、茫然(ぼうぜん)と大海原を漂いながら、ふと思うのだ。

今度生まれてきたら、私は三浦さんみたいに生きてみたい。

人生が果てなき漂流に過ぎないと分かった今、オタクこそがこの漂流を楽しめる理想の適応者なのだ、と。

文庫版あとがき

三浦しをん

漂流はつづいている。

でも、それでいいし、それしかないんじゃないかなと、文庫化の作業をするため、本書を読み返していて思った。

私はモテたかったのかもしれない。恋愛や結婚市場に参戦したかったのかもしれない。すべてが「かもしれない」で、自身の欲望すら漠然として把握できていないところが、我が人生の敗因であろう。唯一、輪郭のはっきりした欲望が、「とにかく漫画を読みたい」だというのは、ほんといかがなものかと自分でも思う。

うさぎさんは、どちらかといえば欲望の輪郭をはっきりと把握し、そのすべてに体当たりで向きあってきたかただと思うが、さらに明晰な理解力と分析力、経験に裏打ちされた想像力を搭載しており、「こんなに優しくて思いやり深いひとはいないな」と、お話ししていて感じ入ることしばしばだった。

　自分と異質な人間を理解しようと努め、受け入れることは、とても勇気のいる行いだし、ときとして傷つくこともあると思うのだが、うさぎさんはまったくためらいを見せない。そんなうさぎさんのおかげで、私はぼんやりしたオタクぶりを開陳することができたし、「漂流も悪くないもんだな」と心から思うことができた。

　うさぎさんに報告したい。「わたくしついに、どっちが前だか後ろだかわかんないほど毛むくじゃらのスペイン人（脳内）から脱却できたんですよ！」と。ＥＸＩＬＥ一族にはまったおかげで、顔と筋肉のいい、体毛がそんなに生えてない男性ってのも素晴らしいものだな、と気づくことができたのだ。現実の恋まで、あと一歩だ。「どこがあと一歩だよ！」と、うさぎさんに怒られ、あきれられそうな予感がひしひしとする。

うさぎさーん、いまどのあたりにいらっしゃいますかー？残念ながら当方、岸はますます遠のき、漂流の度合いが高まっておりまーす！　でもまあしょうがない。漂ってればそのうちどこかに流れ着くかもしれないし、どこにもたどり着けなかったとしても、波に浮かんで見上げる空が青い日がある。もうそれで充分なのかもしれないという気もしてきました。

読者のみなさまの漂流ライフが、なるべく楽しく快適なものになりますように。たまに小瓶に手紙を詰めて、そっと波に乗せます。いつかみなさまのお手もとに届くことを願って。

お読みいただき、どうもありがとうございました。

文庫版あとがき

中村うさぎ

この対談をした時、私は55歳だった。

今、私は60歳である。還暦ですよ、還暦。はぁ〜(ため息)。

さて、その僅か5年の間に、私の人生は大きく転換した。

この対談の時にはピンピンしていたのだが、その年の夏に急に体調を崩して半年も入院し、一時期は車椅子生活になったうえに、入院中に死にかけたりもした。今でも私の足は不自由で、誰かに支えてもらいながら杖を突き突き、おぼつかなく歩いている。また、ここ数カ月は左手も不自由になり、キーボードを打つのに人差し指しか使えなくなった。

いやはや、もはや立派な老人ですよ。白内障で目もよく見えないし、歯もボロボロになってきた。たった5年で20歳くらい老い衰えた感じがする。全力疾走の半生だったが、老いるのも猛スピードで、我ながら笑ってしまう。きっとこの勢いでパタッと死んじゃうんじゃないかな、私。それはそれで願ったり叶ったりだ。

そんなわけで、すっかりお婆ちゃんになった私が今、どんな心境なのかというと、これがなかなか悪くないのである。もちろん肉体的な障害は不便で困るが、もう諦めてしまったので精神的には落ち着いている。退院後2年くらいは我が身の不運を嘆いたり死を願ったりしたものだが、今となっては「ま、いっか」といった気分だ。

何より、恋愛市場からあっさり降りられたのが素晴らしい。まぁ、恋愛自体は対談当時からご無沙汰だったけど、まだまだ「女としての商品価値」にこだわっていた。男には何の期待もしてなかったが、自分に対する期待は捨てきれず、実年齢より若く綺麗に見せたいという欲望をめらめらと燃やしていたのだ。まぁ、アレだ。この対談で言ってる「女のエロス権力」の維持に固執してたわけね。私にとって「女であること＝男の欲望の対象であること」だったのだから、恋愛する気がなくなってから、「男からまったく相手にされない女」にはなりたくなかったのだ。異性だけでなく、同性からそう見られるのも許せなかった。

ところが、例の病気と老いのおかげで、そのような私のナルシスティックな自己像は木っ端微塵に砕け散った。人から若いとか綺麗とか思われたくても、杖なんか突いて歩いてる時点で老人にしか見えませんよ（苦笑）。「女の商品価値」やら「女のエロス権力」なんぞ、大暴落もいいとこだわ。

しかし、である。そんな状態になってしばらくして、私は不意に気づいたのだ。

「ああ！　もう私は漂流しなくていいんだ！」

そうだ。もういいんだ。自意識の波にもみくちゃにされながら、世間の荒海（だと私が勝手に思っている世界）を必死で渡る必要なくなったんだ。

気がつけば、私は岸に着いていた。お爺ちゃんとお婆ちゃんしかいない、養老院みたいな島に流れ着いていたのである。砂浜に寝そべって、私はしみじみ考えた。私は、自分があれほどまでに恐れ避けてきた「老人」になってしまった。エロス的価値はもちろん、社会的価値も失って、丸腰で私は寝転がっているわけだ。この島にだけは来たくなかった。世界から必要とされない人間になることを、私はどんなに恐れていたか。

だが……なぁ、諸君、この清々しさは何だ？

他者から必要とされたがり、他者を必要としてきた私が、ついに「他者」を手放した時、そこにあったのは慎ましくも伸びやかな日々であったのだ。まるで三浦さんがおっしゃっていたような、地味な鳥族たちの島。何しろ老人の島だから、灰色や朽ち葉色のショボショボした鳥たちばかりだ。だけど、ここは、自分が自分らしくいられる自由な島。人の目を気にせず、白髪も伸び放題で化粧もマニキュアも塗らず、なんなら風呂にも入らない、そんな自分が許される島なのであった。

諸君、私は今、幸せである。「他者」と「自意識」を手放して、私はようやく定住の地を見つけたのだ。

構成　三浦たまみ
本文デザイン　大久保明子
本文イラスト　とんぼせんせい
単行本『女子漂流　うさぎとしをんのないしょのはなし』２０１３年11月　毎日新聞社刊
ＤＴＰ制作　エヴリ・シンク

文春文庫

女子漂流（じょしひょうりゅう）

定価はカバーに表示してあります

2019年1月10日　第1刷

著　者　中村うさぎ（なかむら）　三浦しをん（みうら）

発行者　花田朋子

発行所　株式会社　文藝春秋

東京都千代田区紀尾井町 3-23　〒102-8008
TEL 03・3265・1211㈹
文藝春秋ホームページ　http://www.bunshun.co.jp

落丁、乱丁本は、お手数ですが小社製作部宛お送り下さい。送料小社負担でお取替致します。

印刷・萩原印刷　製本・加藤製本

Printed in Japan
ISBN978-4-16-791212-3